小坡的生日

老舍　著

老舍（一八九九年－一九六六年）

原名舒慶春，字舍予，北平旗人。中國現代著名小說家、文學家、戲劇家。畢業於北京師範學校，曾赴英美講學。在戰亂流離的年代中，開始文學創作的生涯。老舍著書近千萬言，善於運用大眾的語言，書寫自然風光、市井百態及習俗時尚。風格幽默、平易中見深刻，有「文學語言大師」的稱號。除散文、戲劇作品成就不凡，尤擅長小說寫作。《駱駝祥子》《離婚》《四代同堂》《茶館》等二十餘部作品，膾炙人口，已被譯成二十餘種文字出版。

總序一

兒童文學的歷史與記憶

林文寶

大陸海豚出版社所出版之中國兒童文學經典懷舊系列，要在臺灣出版繁體版，這是臺灣兒童文學界的大事。該套書是蔣風先生策劃主編，其實就是上個世紀二、三十年代的作家與作品，絕大部分的作家與作品皆已是陌生的路人。因此，說是經典有失嚴肅；至於懷舊，或許正是這套書當時出版的意義所在。如今在臺灣印行繁體版，其意義又何在？

考查各國兒童文學的源頭，一般來說有三：

一、口傳文學
二、古代典籍
三、啟蒙教材

而臺灣似乎不只這三個源頭，綜觀臺灣近代的歷史，先後歷經荷蘭人佔據三十八年（一六二四－一六六二），西班牙局部佔領十六年（一六二六－

一六四二），明鄭二十二年（一六六一—一六八三），清朝治理二〇〇餘年（一六八三—一八九五），以及日本佔據五十年（一八九五—一九四五）。其間，相當長時間是處於被殖民的地位。因此，除了漢人移民文化外，尚有殖民者文化的滲入；尤其以日治時期的殖民文化影響最為顯著，荷蘭次之，西班牙最少，是以臺灣的文化在一九四五年以前是以漢人與原住民文化為主，殖民文化為輔的文化形態。

一九四五年十月二十五日國民黨接收臺灣後，大陸人來臺，注入文化的熱血液。接著一九四九年十二月七日國民黨政府遷都臺北，更是湧進大量的大陸人口。而後兩岸進入完全隔離的型態，直至一九八七年十一月臺灣戒嚴令廢除，兩岸開始有了交流與互動。一九八九年八月十一至二十三日「大陸兒童文學研究會」成員七人，於合肥、上海與北京進行交流，這是所謂的「破冰之旅」，正式開啟兩岸兒童文學交流歷史的一頁。

其實，兩岸或說同文，但其間隔離至少有百年之久，且由於種種政治因素，目前兩岸又處於零互動的階段。而後「發現臺灣」已然成為主流與事實。

因此，所謂臺灣兒童文學的源頭或資源，除前述各國兒童文學的三個源頭，又有受日本、西方歐美與中國的影響。而所謂三個源頭主要是以漢人文化為主，其實也就是傳統的中國文化。

臺灣兒童文學的起點，無論是一九〇七年（明治四〇年），或是一九一二年（明治四十五年／大正元年），雖然時間在日治時期，但無疑臺灣的兒童文學是屬於華文世界兒童文學的一支，它與中國漢人文化是有血緣近親的關係。因此，了解中國上個世紀新時代繁華盛世的兒童文學，是一種必然尋根之旅。

本套書是以懷舊和研究為先，因此增補了原書出版的年代（含年、月）、出版地以及作者簡介等資料。期待能補足你對華文世界兒童文學的歷史與記憶。

林文寶，現任臺東大學榮譽教授，曾任臺東大學人文學院院長、兒童文學研究所創所所長、亞洲兒童文學學會臺灣會長等。獲得第三屆五四兒童文學教育獎，中國文藝協會文藝獎章（兒童文學獎），信誼特殊貢獻獎等獎肯定。

總序二

原貌重現中國兒童文學作品

蔣風

今年年初的一天，我的年輕朋友梅杰給我打來電話，他代表海豚出版社邀請我為他策劃的一套中國兒童文學經典懷舊系列擔任主編，也許他認為我一輩子與中國兒童文學結緣，且大半輩子從事中國兒童文學教學與研究工作，對這一領域比較熟悉，了解較多，有利於全套書系經典作品的斟酌與取捨。

一開始我也感到有點突然，但畢竟自己從童年開始，就是讀《稻草人》《寄小讀者》《大林和小林》等初版本長大的。後又因教學和研究工作需要，幾乎一而再、再而三與這些兒童文學經典作品為伴，並反復閱讀。很快地，我的懷舊之情油然而生，便欣然允諾。

近幾個月來，我不斷地思考著哪些作品稱得上是中國兒童文學的經典？哪幾種是值得我們懷念的版本？一方面經常與出版社電話商討，一方面又翻找自己珍藏的舊書。同時還思考著出版這套書系的當代價值和意義。

中國兒童文學的歷史源遠流長，卻長期處於一種「不自覺」的蒙昧狀態。而清末宣統年間孫毓修主編的「童話叢刊」中的《無貓國》的出版，可算是「覺醒」的一個信號，至今已經走過整整一百年了。即便從中國出現「兒童文學」這個名詞後，葉聖陶的《稻草人》出版算起，也將近一個世紀了。在這段不長的時間裡，中國兒童文學不斷地成長，漸漸走向成熟。其中有些作品經久不衰，而一些作品卻在歷史的進程中消失了蹤影。然而，真正經典的作品，應該永遠活在眾多讀者的心底，並不時在讀者的腦海裡泛起她的倩影。

當我們站在新世紀初葉的門檻上，常常會在心底提出疑問：在這一百多年的時間裡，中國到底積澱了多少兒童文學經典名著？如今的我們又如何能夠重溫這些經典呢？

在市場經濟高度繁榮的今天，環顧當下圖書出版市場，能夠隨處找到這些經典名著各式各樣的新版本。遺憾的是，我們很難從中感受到當初那種閱讀經典作品時的新奇感、愉悅感、崇敬感。因為市面上的新版本，大都是美繪本、青少版、刪節版，甚至是粗糙的改寫本或編寫本。不少編輯和編者輕率地刪改了原作的字詞、標點，配上了與經典名著不甚協調的插圖。我想，真正的經典版本，從內容到形式都應該是精致的、典雅的，書中每個角落透露出來的氣息，都要與作品內在的美感、精神、品質相一致。於是，我繼續往前回想，記憶起那些經典名著的初版本，或者其他的老版本——我的心不禁微微一震，那裡才有我需要的閱讀感覺。

在很長的一段時間裡，我也渴望著這些中國兒童文學舊經典，能夠以它們原來的面貌重現於今天的讀者面前。至少，新的版本能夠讓讀者記憶起它們初始的樣子。此外，還有許多已經沉睡在某家圖書館或某個民間藏書家手裡的舊版本，我也希望它們能夠以原來的樣子再度展現自己。我想這恐怕也就是出版者推出這套書系的初衷。

也許有人會懷疑這種懷舊感情的意義。其實，懷舊是人類普遍存在的情感。它是一種自古迄今，不分中外都有的文化現象，反映了人類作為個體，在漫長的人生旅途上，需要回首自己走過的路，讓一行行的腳印在腦海深處復活。

懷舊，不是心靈無助的漂泊；懷舊也不是心理病態的表徵。懷舊，能夠使我們憧憬理想的價值；懷舊，可以讓我們明白追求的意義；懷舊，也促使我們理解生命的真諦。它既可讓人獲得心靈的慰藉，也能從中獲得精神力量。因此，我認為出版本書系，也是另一種形式的文化積澱。

懷舊不僅是一種文化積澱，它更為我們提供了一種經過時間發酵釀造而成的文化營養。它為認識、評價當前兒童文學創作、出版、研究提供了一份有價值的參照系統，體現了我們對它們批判性的繼承和發揚，同時還為繁榮我國兒童文學事業提供了一個座標、方向，從而順利找到超越以往的新路。這是本書系出版的根本旨意的基點。

這套書經過長時間的籌畫、準備，將要出版了。

我們出版這樣一個書系，不是炒冷飯，而是迎接一個新的挑戰。

我們的汗水不會白灑，這項勞動是有意義的。

我們是嚮往未來的，我們正在走向未來。

我們堅信自己是懷著崇高的信念，追求中國兒童文學更崇高的明天的。

二〇一一年三月二〇日
於中國兒童文學研究中心

蔣風，一九二五年生，浙江金華人。亞洲兒童文學學會共同會長、中國兒童文學學科創始人、中國國際兒童文學館館長。曾任浙江師範大學校長。著有《中國兒童文學講話》《兒童文學叢談》《兒童文學概論》《蔣風文壇回憶錄》等。二〇一一年，榮獲國際格林獎，是中國迄今為止唯一的獲得者。

目錄

小坡的生日 1
小木頭人 204
寶船 229
小麻雀 286
小白鼠 290
貓 292
濟南的冬天 296

小坡的生日

一　小坡和妹妹

哥哥是父親在大坡開國貨店時生的，所以叫做大坡。小坡自己呢，是父親的鋪子移到小坡後生的；他這個名字，雖沒有哥哥的那個那麼大方好聽，可是一樣的有來歷，不發生什麼疑問。

可是，生妹妹的時候，國貨店仍然是開在小坡，為什麼她不也叫小坡？或是小小坡？或是二小坡等等？而偏偏的叫做仙坡呢？每逢叫妹妹的時候，便有點疑惑不清楚。據小坡在家庭與在學校左右鄰近旅行的經驗，和從各方面的探聽，新加坡的街道確是沒有叫仙坡的。你說這可怎麼辦！

這個問題和「妹妹為什麼一定是姑娘」一樣的不能明白。哥哥為什麼不是姑娘？妹妹為什麼一定叫仙坡，而不叫小小坡或是二小坡等等？簡直的別想，哎！一想便糊塗得要命！

媽媽這樣說：大坡是在哪兒生的，小坡和仙坡又是在哪兒生的，這已經夠糊塗半天的了；有時候媽媽還這麼說：哥哥是由大坡的水溝裡撿了來的，他自己是從小坡的電線杆子旁邊拾來的，妹妹呢，是由香蕉樹葉裡抱來的。好啦，香蕉樹葉和仙坡兩字的關係又在哪裡？況且「生的」和「撿來的」又是一回事，還是兩回事？「媽媽，媽媽，好糊塗！」一點兒也不錯。

也只好糊塗著吧！問父親去？別！父親是天底下、地上頭最不好惹的人：他問你點兒什麼，你要是搖頭說不上來，登時便有挨耳瓜子的危險。可是你問他的時候，也猜不透他是知道，故意不說呢；還是他真不知道。他總是板著臉說：「少問！」「縫上他的嘴！」你看，縫上嘴不能唱歌還是小事，還怎麼吃香蕉了呢！

問哥哥吧？呸！誰那麼有心有腸的去問哥哥呢！他把那些帶畫兒的書本全藏起不給咱看，一想起哥哥來便有點發恨！「你等著！」小坡自己叨嘮著：「等我長大發了財，一買就買兩角錢的書，一大堆，全是帶畫兒的！把畫兒撕下來，都貼在脊梁上，給大家看！哼！」

問妹妹吧？唉！問了好幾次啦，她老是搖晃著兩條大黑辮子，一邊兒跑一邊嬌聲細氣地喊：「媽媽！媽媽！二哥又問我為什麼叫仙坡呢！」於是媽媽把妹子留下，不叫再和他一塊兒玩耍。這種懲罰是小坡最怕的，因為父親愛仙坡，母親哥哥也都愛她，小坡老想他自己比父母哥哥全多愛著妹妹一點才痛快；天下哪兒有不愛妹妹的二哥呢！

「昨兒晚上，誰給妹妹一對油汪汪的檳榔子兒？是咱小坡不是！」小坡搬著胖腳指頭一一地數：「前兒下雨，誰把妹妹從街上背回來的？咱，小坡呀！不叫我和她玩？哼！那天吃飯的時候，誰和妹妹鬥氣拌嘴來著？咱，……」想到這裡，他把腳指頭撥回去一個，作為根本沒有這麼一大回事；用腳指頭算帳有這麼點好處，不好意思算的事兒，可以隨便把腳指頭撥回一個去。

還是問母親好，雖然她的話是一天一變，可是多麼好聽呢。把母親問急了，她翻了翻世界上頂和善頂好看的那對眼珠，說：

「妹妹叫仙坡，因為她是半夜裡一個白鬍子老仙送來的。」

小坡聽了，覺得這個回答倒怪有意思的。於是他指著桌兒底下擺著的那幾個柚子說：

「媽！昨兒晚上，我也看見那個白鬍子老仙了。他對我說，小坡，給你這幾個柚子。說完，把柚子放在桌兒底下就走了。」

媽媽沒法子，只好打開一個柚子給大家吃；以後再也不提白鬍子老仙了。妹妹為什麼叫仙坡，到底還是不能解決。

大坡上學是為念書討父母的喜歡。小坡也上學——專為蹺課。設若假裝頭疼，躺在家裡，母親是一會兒一來看。既不得暢意玩耍，母親一來，還得假裝著哼哼。「哼哼」本來是多麼可笑的事。哼，哼哼，噗哧的一聲笑出來了。叫母親看出破綻來也還沒有多大關係，就是叫她打兩下兒也疼不到哪裡去。不過媽媽有個小毛病：什麼事都去告訴父親，父親一回來，她便嘀嘀咕咕，嘀嘀咕咕，把針尖大小的事兒也告訴給他。世上誰也好惹，就是別得罪父親。那天他親眼看見的：父親板著臉，鄭重其事地打了國貨店看門的老印度兩個很響的耳瓜子。看門的印度，在小坡眼中，是個「偉人」。「偉人」還要挨父親兩個耳光，那麼，小坡的裝病不上學要是傳到他老人家耳朵裡去，至少還不挨上四個或八個耳瓜子之多！況且父親手指上有兩個金戒指，打在腦袋上，！要不起個橄欖大小的青包才怪！還是和哥哥一同上學好。到學校裡，乘著先生打盹兒要睡，或是趴在桌上改卷子的時候，人不知鬼不覺地溜出去。在街上，或海岸上，玩耍夠了，再偷偷地溜回來，和哥哥一塊兒回家去吃飯。反正和哥哥不同班，他無從知道。哥哥要是不知道，母親就無從知道。母親不知道，父親也就無從曉得。家裡的人們很像一座小塔兒，一層管著一層。只要把最底下那層彌縫好了，最高的那一層便傻瓜似的什麼也不知道。想想！父親坐在寶塔尖兒上像個大傻子，多麼可笑！

這樣看來，蹺課並不是有多大危險的事兒。倒是妹妹不好防備：她專會聽風兒，鑽縫兒的套小坡的話，然後去報告母親。可是妹妹好說話兒，他一說走了嘴的時候，便忙把由街上撿來的破馬掌，或是由教堂裡拾來的粉筆頭兒給她。她便菁葵著小嘴，一聲也不出了。

而且這樣賄賂慣了，就是他直著告訴妹妹他又逃了學，妹妹也不信。

「仙！我撿來一個頂好，頂好看的小玻璃瓶兒！」

「哪兒呢？二哥，給我吧！」

小玻璃瓶兒換了手。

「仙！我又逃了學！」

「你沒有，二哥！去撿小瓶兒，怎能又蹺課呢？」

到底是妹妹可愛，看她的思想多麼高超！於是他把蹺課的經驗有枝添葉的告訴她一番，她也始終不跟媽媽學說。

「只要你愛你的妹妹，蹺課是沒有危險的！」小坡時常這樣勸告他的學友。

小坡有兩個志願，只有他的妹妹知道：當看門的印度（新加坡的大一點的鋪戶，都有印度人看門守夜。）和當馬來巡警。

據小坡看：看門守夜的印度有多麼尊嚴好看！頭上裹著大白布包頭，下面一張黑紅的大臉，掛滿長長的鬍子，高鼻子，深眼睛，看著真是又體面又有福氣。大白汗衫，上面有好幾個口袋兒，全裝著，據小坡猜，花生米，煮豌豆，小檳榔，或者還有兩塊雞蛋糕。那條大花布裙子更好看了。花紅柳綠的裹著帶毛的大黑腿，下面光著兩隻黑而亮的大腳丫兒。一天到晚，不用操心做事，只在門前坐著看熱鬧，所閒得不了啦，才細細的串腳丫縫兒玩。天仙宮的菩薩雖然也很體面漂亮，可是菩薩沒有這種串腳丫縫的自由。關老爺兩旁侍立的黑白二將，黑的太黑，白的又太白，都不如看門的印度這樣威而不猛，黑得適可而止。（這自然不是小坡的話，不過他的意思是如此罷了。）

況且晚上就在門前睡覺，不用進屋裡去，也用不著到時候就非睡去不可。門前一躺，看著街上的熱鬧，聽著鋪戶裡的留聲機，媽媽也不來催促。（老印度有媽媽沒有，還是個問題。設若沒有，那麼老印度未免太可憐了；設若有呢，印度媽媽應該有多麼高的身量呢？）困了呢，說睡就睡，也不用等著妹妹，——小坡每天晚上等著妹妹睡了，替她放好蚊帳，蓋好花毯，他自己才敢去睡。不然，他老怕紅眼兒虎，專會欺侮小姑娘們的紅眼兒虎，把妹妹叼了去，把蚊帳放好，紅眼兒虎就進不去了。

「仙！趕明兒你長大開鋪子的時候，叫我給你看門。你看我是多麼高大，多麼好看的印度！」

「我是個大姑娘，姑娘不開鋪子！」妹妹想了半天這樣說。

「你不會變嗎？仙！你要是愛變成男人呀，天天早晨吃過稀飯的時候，到花園裡對椰子樹說：仙要變男人啦！這樣，你慢慢地就變成父親那麼高的一個人。可是，仙！你別也變成印度；我是印度，你再變成印度，咱們誰給誰看門呢！」

「就是變成男人，我也不開鋪子！」

「你要幹什麼呢？仙！啊，你去趕牛車？」

「呸！你才趕牛車呢！」仙坡用小手指頭頂住笑渦，想了半天：「我長大了哇，我去，我去做官！」

小坡把嘴擱在妹妹耳朵旁邊，低聲地嘀咕：「仙！做官和做買賣是一回事。

那天你沒聽見父親說嗎：他在中國的時候，花了一大堆錢買了一個官。後來把那一大堆錢都賠了，所以才來開國貨店。」

「哦！」仙坡一點也不明白，假裝明白了二哥的話。

「仙！父親說啦，做買賣比做官賺的錢多。趕明兒哥哥也去開鋪子，媽媽也去開鋪子。可是我就愛給『你』看門。仙，你看，我是多麼有威風的印度！」小坡說著，直往高處拔脖子，立刻覺得身量高出一大塊來，或者比真印度還高著一點了。

仙坡看著二哥，確是個高大的印度，但是不知為什麼心中有點不順，終於說：「偏不愛開鋪子嗎！」

小坡知道：再叫妹妹開鋪子，她可就要哭了。

「好啦，仙！你不用開鋪子啦，我也不當印度了。我去當馬來巡警好不好？」

妹妹點了點頭。

馬來巡警背上扛著一塊窄長的藤牌，牌的兩端在肩外出出著，每頭有一尺多長。他站定了的時候，頗似個十字架。他臉朝南的時候，南來北往的牛車，馬車，電車，汽車，人力車，便全咯噔一下子站住；往東西走的車輛呼啦一群全跑過去。

他忽然一轉身，臉朝東了，東來西往的車便全停住，往南北的車都跑過去。這是多麼有勢力威風，趣味！假如小坡當了巡警，背上那塊長藤牌，忽然面朝南，忽然臉向東，叫各式各樣的車隨著他停的停，跑的跑，夠多麼有趣好玩！或者一高興，在馬路當中打開撚撚轉兒，叫四面的車全撞在一塊兒，豈不更加熱鬧！

妹妹也贊成這個意思，可是：

「二哥！車要是都撞在一處，車裡坐的人們豈不也要碰壞了嗎？」

小坡向來尊重妹妹的意見，況且他原是軟心腸的小孩，沒有叫坐車的老頭兒，老太太，大姑娘們把耳朵鼻子都碰破的意思。他說：

「仙！我有主意了！我要打嘀溜轉的時候，先喊一聲：我要轉了！車上的人快都跳下來！這麼著，不是光撞車，碰不著人了嗎？」

妹妹覺得這真好玩，並且告訴他：「二哥！等你當巡警的時候，我一定到街上看熱鬧去。」

小坡謝了謝妹妹肯這樣賞臉，並且囑咐她：

「可是，仙！你要站得離我遠一些，別叫車碰著你！」

小坡是真愛妹妹的！

二　種族問題

小坡弄不清楚：他到底是福建人，是廣東人，是印度人，是馬來人，是白種人，還是日本人。在最近，他從上列的人種表中把日本人勾抹了去，因為近來新加坡人人喊著打倒日本，抵制仇貨；父親——因為開著國貨店——喊得特別厲害，一提起日本來，他的脖子便氣得比蛤蟆的還粗。小坡心中納悶，為什麼日本人這樣討人嫌，不要鼻子。有一天偶然在哥哥的地理書中發現了一張日本圖，看了半天，他開始也有點不喜歡日本，因為日本國形，不三不四恰像個「歪脖橫狼」的破炸油條，油條炸成這個模樣，還稱其為油條？一國的形勢居然像這樣不起眼的油條，其惹人們討厭是毫不足怪的；於是小坡也恨上了日本！

可是這並不減少他到底是哪國人的疑惑。

他有一件寶貝，沒有人知道——連母親和妹妹也算在內——他從哪兒得來的。這件寶貝是一條四尺來長，五寸見寬的破邊，多孔，褪色，抽抽巴巴的紅綢子。這件寶貝自從落在他的手裡，沒有一分鐘離開過他。就是有一回，把它忘在學校裡了。他已經回了家，又趕緊馬不停蹄地跑回去。學校已經關上了大門，他央告看門的印度把門開開。印度不肯那麼辦，小坡就坐在門口扯著脖子喊，一直的把庶務員和住校的先生們全嚷出來。先生們把門開開，他便箭頭兒似的跑進講堂，從石板底下掏出他的寶貝。匆忙著落了兩點淚，把石板也摔在地上，然後三步兩步跑出來，就手兒踢了老印度一腳；一氣兒跑回家，把寶貝圍在腰間，過了一會兒，他告訴妹妹，他很後悔踢了老印度一腳。晚飯後父親給他們買了些落花生，小坡把癟的，小的，有蟲兒的，都留起來；第二天拿到學校給老印度，作為賠罪道歉。老印度看了看那些奇形怪狀的花生，不但沒收，反給了小坡半個比醋還酸的綠橘子。

這件寶貝的用處可大多多了：往頭上一裹，裹成上尖下圓，腦後還耷拉著一塊兒，他便是印度了。登時臉上也黑了許多，胸口上也長出一片毛兒，說話的時候，頭兒微微地搖擺，真有印度人的嫵媚勁兒。走路的時候，腿也長出一塊來，一挺一挺的像個細瘦的黑鸕鶿。嘴唇兒也發幹，時常用手指沾水去濕潤一回。

把這件寶貝從頭上撤下來，往腰中一圍，當作裙子，小坡便是馬來人啦。嘴唇撅撅著，蹲在地上，用手抓著理想中的咖哩飯往嘴中送。吃完飯把母親的胭脂偷來一小塊，把牙和嘴唇全抹紅了，作為是吃檳榔的結果；還一勁兒呸呸地往地上唾，唾出來的要是不十分紅，就特別的用胭脂在地上抹一抹。唾好了，把妹妹找了來，指著地上的紅液說：

「仙！這是馬來人家。來，你當男人，你打鼓，我跳舞。」

於是妹妹把空香煙筒兒拿來敲著，小坡光著胖腳，胳臂「軟中硬」地伸著，腰兒左右輕扭，跳起活兒來。跳完了，兩個蹲在一處，又抓食一回理想的咖哩飯，這回還有兩條理想的小乾魚，吃得非常辛辣而痛快。

小坡把寶貝從腰中解下來，請妹妹幫著，費九牛二虎的力氣，把妹妹的幾個最寶貴的破針全利用上，做成一個小紅圓盔，戴在頭上。然後搬來兩張小凳，小坡盤腿坐上一張，那一張擺上些零七八碎的，作為是阿拉伯的買賣人。

「仙，你當買東西的老太婆。記住別一買就買成，樣樣東西都是打價錢的。」

於是仙坡彎著點兒腰，嘴脣往裡癟著些，提著哥哥的書包當籃子，來買東西。她把小凳上的零碎兒一樣一樣地拿起來瞧，有的在手中顛一顛，有的擱在鼻子上聞一聞，始終不說買哪一件。小坡一手摺在膝上，一手搬著腳後跟，眼看著天花板，好似滿不在乎。仙坡一聲不出地扭頭走開，小坡把手抬起來，手指捏成佛手的樣兒，叫仙坡回來。她又把東西全摸了一個過兒，然後拿起一隻破鐵盒，在手心裡顛弄著。小坡說了價錢，仙坡放下鐵盒就走。小坡由凳上跳下來，端著肩膀，指如佛手在空中搖晝，逼她還個價錢。仙坡只是搖頭，小坡不住地端肩膀兒。他拿起鐵盒用布擦了擦，然後跑到窗前光明的地方，把鐵盒高舉，細細地賞玩，似乎決不願意割捨的樣子。仙坡跟過來，很遲疑地還了價錢；小坡的眼珠似乎要努出來，把鐵盒藏在腋下，表示給多少錢也不賣的神氣。仙坡又彎著腰走了，他又喊著讓價兒。……仙坡的腰酸了，只好挺起來；小坡的嘴也說乾了，直起白沫；於是這齣阿拉伯的扮演無結果地告一結束。

至於什麼樣兒的是廣東人，和什麼樣兒的是福建人，上海人，小坡是沒有充分的知識的。可是他有很好的解決辦法：人家都說，父親是廣東人，那麼，自然廣東人都應和父親差不多了。至於福建人呢，小坡最熟識的是父親的國貨店隔壁信和洋貨莊的林老闆。父親對林老闆感情的壞惡，差不多等於他恨日本人，每談到林老闆的時候，父親總是咬著牙說：他們福建人！不懂得愛國。據小坡看呢，不但林老闆是胖胖大大的可愛，就是他鋪中的洋貨也比父親的貨物漂亮花俏得多。就拿洋娃娃說吧，不但他自己，連妹妹也是這樣主張：假如她出嫁的時候，一定到林老闆那裡買兩個眼珠會轉的洋娃娃，帶到婆家去。

好在賣洋貨和林老闆是否可惡的問題，小坡也不深究；他只認定了穿著打扮像林老闆的全是福建人。第一，林老闆嘴中只有一個金牙，不像父親和父親的朋友們都是滿嘴黃橙橙的。小坡自然不知道牙是可以安上去的，他總以為福建人是生下來就比廣東人少著幾個金牙的。第二，林老闆的服裝態度都非常文雅可愛，嘴裡也不像父親老叼著挺長挺粗的呂宋煙，說話也不像父親那樣理直氣壯的賣嚷嚷。他有一回還看見林老闆穿起夏布大衫，這是他第一次看到褂子居然可以長過膝的。每逢他裝福建人的時候，他便把那塊紅綢寶貝直披在背後當作長袍，然後找一點黃紙貼在犬牙上，當作林老闆的唯一的金牙。

母親說：「凡是不會說廣東，福建話，而規規矩矩穿著洋服的都是上海人。」於是小坡裝上海人的時候，必要穿好了衣裳，還要和妹妹臨時造一種新言語代表上海話。這種話他們隨時造隨時忘，可是也有幾個字是永遠不變動的，如管「香煙」叫「狗耳朵」，把「香蕉」叫「老鼠」等等。

外國洋鬼子是容易看出來的，他們的臉色，鼻子，頭髮，眼珠，都有顯然的特色。可是他們的言語和上海人的一樣不好懂，或者洋鬼子全是由上海來的？哥哥現在學鬼子話了；學校新來的一位上海先生教他們國語；而哥哥學的鬼子話又似乎和上海人的國語不是一個味兒，這個事兒又透著有點糊塗！在新加坡的人們都喜光著腳，唯獨洋鬼子們總是穿著襪子，而且沒看見過他們趿拉著木板鞋滿街走的，所以裝洋鬼子的時候，一定非穿襪子皮鞋不可。妹妹根本反對穿襪子，也只好將就著不叫她穿。不穿襪子的鬼子很少見，可是穿軍衣的鬼子很多，於是小坡把那件寶貝折成一寸來寬，繫在腰間，至少也可以當一條軍人的皮帶。至於鼻子要高出一塊等等是很容易的。一繫上皮帶，心裡一想，鼻子就高了，眼珠便變成藍色。雖然有時候妹妹說：他的鼻子還是很平，眼珠一點也不藍。那只是妹妹偶然脾氣不順，成心這麼說，並非是小坡不真像洋鬼子。

小坡對於這些人們，雖然有這樣似乎清楚，而又不十分清楚的分別，可是這並不是說他準知道他是哪一種人。他以為這些人都是一家子的，不過是有的愛黃顏色便長成一張黃臉，有的喜歡黑色便來一張黑臉玩一玩。人們的面貌身體本來是可以隨便變化的。不然，小坡把紅巾往頭上一纏的時節，怎麼能就臉上發黑，鼻子覺得高出一塊呢？況且在街上遇見的小孩子們，雖然黑黃不同，可是都說馬來話（他和妹妹也總是用馬來話交談的），這不是本來大家全是馬來，而後來把顏色稍稍變了一變的證明嗎？況且一進校門便看見那張紅色的新加坡地圖，新加坡原來是一塊圓不圓，方又不方，像母親不高興時做的涼糕；這塊涼糕上並沒有中國，印度等地名；那麼，母親一來就說：她與父親都是由中國來的；國貨店看門的是由印度來的，豈不是根本瞎說；新加坡地圖上分明沒有中國印度啊！母親愛瞎說，什麼四隻耳朵的大老妖咧，什麼中國有土地爺咧，都是瞎說；自然哪，這種瞎說是很好聽的。

哥哥是最不得人心的：一看見小坡和福建，馬來，印度的小孩兒們玩耍，便去報告父親，惹得父親說小坡沒出息。小坡鄭重地向哥哥聲明：「我們一塊玩的時候，我叫他全變成中國人，還不行嗎？」而哥哥一點也不原諒，仍告訴父親。

父親的沒理由，討厭一切「非廣東人」，更是小坡所不能了解的。就是媽媽也跟著父親學這個壞毛病：有一回他問母親，父親小的時候是不是馬來人？母親居然半天兒沒有答理他！還是妹妹好，她說：「東街上的小孩兒們全有馬來父親，咱們的父親也一定是馬來。」

「一定！馬來人是由上海來的，父親看不起上海人，所以也討厭馬來。不知道父親為什麼看不起上海人？」小坡搖著頭說。

「父親是由廣東來的，媽媽告訴我的，廣東人是天下最好最有錢的！」仙坡這時候的神氣頗似小坡的老大姐。

「廣東就是印度！」

仙坡想了半天，「對了！」

「仙！趕明兒你長大了，要小孩的時候，你上哪裡去撿一個呢？」

「我？」仙坡揉著辮子上的紅穗兒，想了半天：「我到西邊印度人家去抱一個來。」

「對了，仙！你看印度的小孩的小黑鼻子，大白眼珠，紅嘴唇兒，多麼可愛呀！是不是？」

「對呀！」

「可是，媽媽要不願意呢？」

「我告訴媽媽呀，反正印度小孩兒長大了也會變成中國人的。你看，咱們那幾隻小黃雛雞，不是都慢慢變成黑毛兒的，和紅毛兒的了嗎？小孩也能這樣變顏色的。」

「對了！仙！」

他們這樣解決了人種問題。

三　新年

全世界的小朋友們！你們可曾接到小坡的賀年片？也許還沒有收到，可是小坡確是沒忘了你們呀。

小坡的父親在新年未到，舊歲將殘的時候，發了許多紅紙金字的賀年片。小坡妹託妹給他要了一張和一個紅信封。一隻小白鳥撅撅著小黃嘴巴兒，印在信封的左角上。片子上的金字是「恭賀新年」和小坡父親的姓名。小坡把父親的名字抹了一條黑道，在一旁寫上「小坡」兩個字；筆上的墨太足了，在「小坡」二字的左右落了兩個不小的黑點兒；就著墨點的形象，他畫成一個小兔和一個小王八，他託哥哥大坡在帶著小白鳥的信封上寫：

「給全世界的小朋友。」

小朋友們，等我給你們講一講，小坡所用的「全世界」是什麼意思。不錯，小坡常說：新加坡就是世界；可是當他寫這賀年片的時候，他是把太陽，月亮，天河和星星都算在內的啊！

太陽上雖然很熱，月亮上雖然很冷，星星們看著雖然很小，其實它們上邊全有小孩兒咧。——有老頭兒老太太沒有，不可得而知。你們不是在晚間常看見天上的星星，一閃一閃的好像金鋼石那麼發亮嗎？為什麼？就是因為它們上邊的小孩們放爆竹玩咧。有時候在夜間，你們聽見咕隆咕隆的打雷，一亮一亮的打閃，請你們不要害怕，不必藏在母親的懷裡；那是星星上的小孩一齊放爆竹：麻雷子，二踢腳，地老鼠，黃煙帶炮等等一齊放，所以聲音光亮都大了一些。他們本來是想：把你們吵醒，跟他們耍笑耍笑去。可是，你們睡著了也不要緊，因為他們也很喜歡到你們的夢中和你們耍笑耍笑。你們夢見過許多好看的小「光眼子」不是？有的還帶著雪白的翅膀？對了，他們就是由星星上飛來的。

小坡的賀年片是在年前發的，可是你們不一定能在元旦接到。你看，他的紅片兒也許先送到太陽上去，也許先送到月亮上去，也許先在地球上轉一個圈兒，那全看郵差怎麼走著順腳。就是先在咱們的地球上轉吧，不是也許先送到愛爾蘭，也許先送到墨西哥嗎？簡直的沒有準兒！可是，你們只要忍耐著點兒，早晚一定能接到的。

假如你們看見天上有飛機的時候，請你們大家一齊喊，叫它下來，因為也許那隻飛機就是帶著小坡的賀年片往月亮上或是星星上送的。

還有一層：小坡的信封上，印著個黃嘴的小白鳥，並沒有貼郵票，他只在信封的右角上粘了半張香煙畫片，萬一郵局的人們不給他往外送呢！但是，據我想，這倒不大要緊。郵局的人們不至於那麼狠心，把小坡的信扣住不發。他的信是給全世界的小孩兒的，那麼，郵局的人們不是也有小孩兒嗎？他們能把自己小孩兒的信留起來不送？不能吧。

所可慮的是：郵差把小坡的信先交給他自己的兒女，他們再一粗心，忘了叫父親轉遞。這麼一來呀，小坡的賀年片可不一準能到你們手裡了。你們應當在門口兒等著，見個郵差便問：有小坡的信沒有？或是說：有貼香煙畫片的信沒有？這樣提醒郵差一聲兒，或者他不至於忘了轉寄小坡的信。

你們也許很關心：小坡怎樣過新年呢？也許你們要給他寄些禮物去，而不知道寄什麼東西好。

好啦，你們聽我說：

小坡所住的地方——新加坡——是沒有四季的，一年到頭老是很熱。不管是常綠樹不是（如不知什麼是常綠樹，請查一查《國語教科書》），一年到晚葉兒總是綠的。花兒是不斷地開著，蟲兒是終年地叫著，小坡的胖腳是永遠光著，冰淇淋是天天吃著。所以小坡過新年的時候，天氣還是很熱，花兒還是美麗地開著，蜻蜓蝴蝶還是妖俏地飛著；也不刮火風，也不下雪，河裡也不結冰。你們要是送給他禮物，頂好是找個小罐兒裝點雪，假如你住的地方有雪，給他看看，他沒有看見過。他聽說過：雪是一片一片的小花片兒，由天上往下落；可是，他總以為雪是紅顏色的；有一回他看見一家行結婚禮的，新郎新娘出來的時候，有許多人由樓上往下撒細碎的紅紙片兒；他心裡說：「啊，這大概就是下雪吧！」從此以後，他便以為雪花是紅顏色的了。他這樣說，妹妹仙坡也自然這麼信；就是媽媽也不敢斷言雪是白的，還是紅的，還是豆瓣綠的，因為媽媽是廣州人，也沒有看見過雪。

小坡看見過的東西也許你們沒有見過，比如：你們看見過香蕉樹嗎？小坡的後院裡就有好幾株，現在正大嘟嚕小掛結著又長又胖的香蕉，全是綠的，比小荷葉還綠；你們看見過項上帶著肉峰的白牛嗎？看見過比螺絲還大一些的蝸牛嗎？……請你們給小坡寄些禮物吧，他一定要還禮的。也許他給你送兩個大蝸牛玩玩（這種大蝸牛也是「先出犄角，後出頭」的），也許他給你畫兩張圖。小坡的圖畫是很有名的，而且畫得很快；不過有時候過於慌了，也許把香蕉畫成藍的，把黃牛畫成三條腿。請你告訴他慢慢來，不要忙，他一定可以畫得很正確很美觀的。

新加坡的人們，不像別處，是各式各樣的，以臉色說吧，就有紅黃黑白的不同。小坡過年的時候，這「各色人等」也都過年；所以顯著分外的熱鬧。那裡有穿紅繡鞋的小腳兒老太太，也有穿西服露著胳臂的大姑娘。那裡有梳小辮，結紅繩的老頭兒；也有穿花裙，光著腳的青年小夥子。有的婦女鼻子上安著很亮的珠子，有的婦女就戴著大草帽和男人一樣地做工。可是，到了新年，大家全笑著唱著過年，好像天下真是一家了。誰也不怒視誰一眼，誰也不錯說一句話；大家都穿上新衣，吃些酒肉，忘記了舊的困苦，迎接新的希望。基督教堂的鐘聲當當地敲出個曲調來，中國的和尚廟奏起法器，也沉遠悠揚的好聽。菩薩神仙過年不過，我們不知道，但是他們一定是抿著嘴，很喜歡看這群人們這樣歡天喜地，和和美美地享受這年中的第一天。

蟲兒鳥兒一清早便唱起歡迎新歲的歌兒，唱得比什麼音樂都好聽。花兒草兒帶著清香的露珠歡迎這元旦的朝陽。天上沒有一塊愁眉不展的黑雲，也沒有一片無依無靠，孤苦伶仃的早霞，只是藍汪汪地捧著一顆滿臉帶笑的太陽。陽光下閃動著各色的旗子，各樣的彩燈，真成了一個錦繡的世界。

小坡自己呢，哎呀，真忙個不得了。隨著鳥聲他便起來了，到後花園中唱了一個歌兒給蟲兒鳥兒們聽。然後進來親了親妹妹的腦門兒，妹妹還沒睡醒，可是小嘴唇上已經帶著甜美的笑意。把妹妹叫醒，給她道了新禧，然後抱著二喜去洗澡。二喜是一個小白貓，腦門上有兩個黃點兒。洗完了澡，便去見母親，張羅著同她買東西去。雖然是新年，還要臨時去買吃食，因為天氣太熱，東西擱不住。母親買東西一定要帶著小坡，因為他會說馬來話又會挑東西，打價錢；而且還了價錢不賣的時候，他便搶過賣菜的或是賣肉的大草帽兒，或是用他的胖手指頭戳他們的夾肢窩，於是他們一笑就把東西賣給他了。

在市場買了一大筐子東西，小坡用力頂在頭上（這是跟印度人學的），壓得他渾身都出了玉米粒大的汗珠子。到了家中把筐子交給陳媽——他們的老媽子。陳媽向來是一天睡十八點鐘覺的，就是醒著的時候，眼睛也不大睜著。今天她也特別的有精神，眼睛確是睜著，而且眼珠裡似乎有些笑意。

父親也不出門，在花園中收拾花草。把一串大綠香蕉也摘下來，掛在堂中，上面還拴上一些五彩紙條兒，真是好看。哥哥的錢全買了爆竹，在門口兒放著，妹妹用手堵著耳朵注意地聽響兒。小坡忽然跑到廚房，想幫助母親幹點兒事。又慌著跑到花園和父親一塊兒整理花草。聽見了炮聲，又趕緊跑到門口看哥哥放爆竹，哥哥不准他動手，他也不強往前巴結，站在妹妹身後，替她堵著耳朵。喝！真忙！幸虧沒穿鞋，不然非把鞋底跑個大窟窿不可！

吃飯了，桌上擺滿了碟碗，小坡就是搬著腳指頭算，也算不清了。真多，而且擺得多麼整齊好看呢！哎呀！父親還給買來玩意兒！妹妹是一套喝咖啡用的小壺小碗小罐，小坡是一串火車，帶月臺鐵軌。「到底是新年哪！」小坡心裡說。

吃完了飯，剩下不少東西，母親叫小坡和妹妹在門口看著，如有要飯的花子來了，給他們一些吃，母親向來是非常慈善的。

父親喝多了酒，躺在竹床上，要起也起不來。哥哥吃得也懶得動。二喜叼著一個魚頭到花園裡去慢慢地吃。小坡和妹妹拿著新玩意兒在門外的馬纓花下坐著，熱風兒吹過，他也慢慢地打起盹兒來。

這時候，四外無聲，天上響晴。鳥兒藏在綠葉深處閉上小圓眼睛。蜻蜓也落在葉尖上，只懶懶地顫動著透明的嫩翅膀。椰子樹的大長綠葉，有時上下起落，有時左右平擺，在空中閃動著，好似彼此嘀咕什麼祕密。只有蜂兒還飛來飛去忙個不了，嗡嗡的聲兒，更叫人發困。

風兒越來越小了，門上的旗子耷拉下來，樹葉兒也似乎往下披散，就是馬纓花幹上的寄生草兒也好像睡著了，竟自有一枝半枝地離了樹幹在空中懸懸著，好似睡著了的小兒，把胳臂輕鬆地搭在床沿上。

馬兒也不去拉車，牛兒也歇了工，都在樹蔭下半閉著眼臥著。多麼靜美！遠處幾聲雞啼，比完全沒有聲兒還要靜寂。

多麼靜美！這便是小坡的新年。啊，別出聲，小坡睡著了！一切的人們鳥獸都吃飽酣睡，在夢裡呼吸著花兒的香味。小坡醒來時，看見妹妹的黑髮上落著三四朵深紅的馬纓花。

四　花園裡

可惜新年也和別的日子一樣，一眨巴眼兒就過去了。父親又回鋪子去做生意，母親也不做七碟子八碗的吃食了，陳媽依舊一天睡十八點鐘覺，而且臉上連一丁點笑容也沒有啦。父親給的玩藝兒也有點玩膩啦，況且妹妹的小碗兒丟了一個，小坡的火車也不住地出軌，並且摔傷不少理想中的旅客。

媽媽和哥哥都出了門，陳媽正在樓上做夢。小坡抱著火車，月臺，軌道，跑到花園中，想痛痛快快地開一次快車。到了園裡，只見妹妹仙坡獨自坐在籬旁，地上放著一些淺黃的豆花，編花圈兒玩呢。

「仙，幹什麼呢？」

「給二喜編個花圈兒。」

「不用編了，把花兒放在火車上，咱們運貨玩吧。」

「也好，從哪兒運到哪兒呢？」妹妹問，其實她準知道小坡怎麼回答。「從這裡運到吉隆玻，好不好？」

父親常到吉隆玻去辦事情，總是坐火車去，所以小坡以為凡是火車都要到吉隆玻去，好似沒有吉隆玻，世界上就根本沒有修火車路的必要。

「好，咱們上貨吧。」妹妹說。

兄妹倆把豆花一朵一朵地全裝上車去，小玻把鐵軌安好，來回開了幾趟；然後停車，把花兒都拿下來；然後又裝上去，又跑了幾趟；又拿下來；又裝上去……慢慢地把花兒全揉搓熟了，火車也越走越出毛病。

「仙，咱們不這麼玩啦。」

「幹什麼呢？」妹妹一時想不出主意來。

小玻背著手兒，來回走了兩遭，想起來了：「仙，咱們把南星，三多，什麼的都找來，好不好？」

「媽媽要是說咱們呢？」

「媽媽沒在家呀！仙，你等著，我找他們去。」

不大一會兒，小玻帶來一幫小孩兒：兩個馬來小姑娘；三個印度小孩，二男一女；兩個福建小孩，一男一女；一個廣東胖小子。

兩個馬來小姑娘打扮得一個樣兒，都是上身穿著一件對襟小白褂，下邊圍著條圓筒兒的花裙子。頭髮都朝上梳著，在腦瓜頂上梳成朝天杵的小髻兒。全光著腳，腿腕上戴著對金鐲子。她們倆是孿生的姊妹，模樣差不多，身量也一般兒高。兩個都是慢條斯理，不慌不忙的，似乎和他們玩不玩全沒什麼關係。她們也不多言，也不亂動，只手把手兒站在一邊，低聲地爭辯：誰是姐姐，誰是妹妹；因為她們倆一切都相同，所以記不清誰是姐，誰是妹。

兩個小男印度，什麼也沒穿，只在腰間圍著條短紅裙。他們的手，腳，脊梁，都非常的柔軟，細膩，光滑，雖然是黑一點兒，可是黑得油汪汪的好看。那個印度小妞妞也穿著一條紅裙，可是背上斜披著一條絲織的大花巾，兩頭在身旁耷拉著，非常瀟灑美觀。

兩個福建小孩都穿著黑暑涼綢的寬袖寬腿衣褲。那個小姑娘梳著一頭小短辮，繫著各色的絨繩。

廣東的胖小子，只穿著一條小褲叉。粗粗的胳臂，胖胖的腿，兩眼直不凌地東瞧瞧西看看，真像個混小子。

大家沒有一個穿著鞋的，就是兩個福建小孩——父親是開皮鞋店的——也是光著腳丫兒。

他們都站在樹蔭下，誰也不知道幹什麼好。南星，那個廣東胖小子，一眼看見小坡的火車，忽然小銅鐘似的說了話：「咱們坐火車玩呀！我來開車！」說著他便把火車抱起來，大有不再撒手的樣兒。

「往吉隆玻開！」小坡只好把火車讓給南星，因為他——南星——真坐過火車，而且在火車上吃過一碗咖哩飯。坐過火車的自然知道怎麼駛車，所以小坡只好退步。

兩個印度小男孩的父親在新加坡車站賣票，於是他們喊起來：

「這裡買票！」

（現在他們全說馬來話——南洋的「世界語」。）

大家全拔了一根兔兒草當買票的錢。

「等一等！人太多，太亂，我來當巡警！」小坡當了巡警，上前維持秩序：「女的先買！」

小妞兒們全拿著兔兒草過來，交給兩個小印度。他們給大家每人一個樹葉當作車票。

大家都有了車票，兩個賣票的小印度也自己買了票——他們自己的左手遞給右手一根草，右手給左手一個樹葉。

他們全在南星背後排成兩行。他扯著脖子喊了一聲：「門！——」然後兩腿彎彎著，一手托著火車，一手在身旁前後地掄動，腳擦著地皮，嘴中「七咚七咚」地響。

開車了！

後面的旅客也全彎彎著腿，腳擦著地，兩手前後掄轉，嘴中「七咚，七咚」，這樣繞了花園一圈。

「吃咖哩飯呀！不吃咖哩飯，不算坐過火車！」駛車的在前面嚷。

於是大家改為一手掄動，一手往嘴裡送咖哩飯。這樣又繞了花園一遭。

火車越走越快了，南星背後的兩個馬來小妞兒，裙子又長，又沒有多大力氣，停止了爭論誰是姐，誰是妹；喘著氣問：「什麼時候才能到呢？」

「離吉隆玻還遠著呢！到了的時候，我自然告訴你們。」小坡在後面喊。

「什麼？到吉隆玻去？剛才買的票只夠到柔佛去的！」兩個小印度很驚異地說：「沒有別的法子，只好還得補票。」說著他們便由車上跳下來，跟大家要錢。都沒帶錢，只好都跳下去，到牆根去拔兔兒草。南星一個人托著火車，口中「七咚七咚」的，繞了花園一遭。

火車還跑著，大家不知道怎麼股子勁兒，又全上去了。

車跑得更快了！馬來小姑娘撩著裙子，頭上的小髻向前杵杵著，拼命地跑。到底被裙子一裹腿，兩個一齊朝前跌下去，正壓在駛車的背上。後面的旅客也一時收不住腳，都自自然然地跌成一串；可是口中還「七咚七咚」地響。仙坡的辮子纏在馬來小妞的腿上，腳後跟正頂住印度小姑娘的鼻子尖；但是不管，口中依舊念著「七咚七咚」。

「改成貨車啦！就這麼爬吧！」小坡出了主意。他看見過：客車是一間一間的小屋子，貨車；半是沒有蓋兒的小矮車。那麼，大家現在跌在地上，矮了一些，當然正好變作貨車。

南星又「門！——」了一聲，開始向前爬，把火車也扔在一邊。大家在後面也手腳齊用地跟著。

小貓二喜也來了，跟在後面。她比他們跑得輕俏了，一點也不吃力。

小坡不說話，自然永遠到不了吉隆玻，因為只有他認識那個地方（其實他並沒到過那裡，因為父親常提那裡的事兒，小坡便自信他和吉隆玻很有關係似的）。可是他偏不說，於是大家繼續往前爬。

南星忽然看見小坡的「月臺」在籬旁放著，他「門！——」了一聲，便爬過去。喊了聲：「到了！」便躺在地上不住地喘氣。大家也都倒下，顧不得問到底是不是到了吉隆玻。小坡明知還沒有到目的地，可是也沒有力量再爬，只好口中還「七咚七咚」的，倒在地上不動。

大家不知躺了多久才喘過氣兒來。兩個馬來小姐兒先站起來了，頭上的小髻歪歪在一邊，腦門上還掛著許多小汗珠，臉上紅紅的，更顯得好看。她們低聲地說：「不玩了！坐火車比走道兒還累的慌，從此再也不坐火車了！」

小坡趕緊站起來，攔住她們。雖然是還沒到吉隆玻，但是她們既不喜歡再坐火車，只好想些別的玩法吧。她們聽了小坡甜甘的勸告，又拉著手兒坐下了。仙坡也抬起頭兒問她誰是姐姐，誰是妹妹，於是她們又想起那未曾解決過的問題，忘了回家啦。

「來，說笑話吧！」小坡出了主意。

大家都贊成。南星雖沒笑話可說，可也沒反對，因為他有個好主意：等大家說完，他再照說一遍，也就行了。

他們坐成一個圓圈，都臉兒朝裡，把腳放在一處，許多腳指頭像一窩蜜蜂似的，你擠我，我擠你地亂動。

「誰先說呢？」小坡問。

沒有人自告奮勇。

「看誰的大拇腳指頭最小，誰就先說。」三多——那個福建小兒——建議。

「對了！」仙坡明知自己的腳小，可是急於聽笑話，所以用手遮著腳這樣說。

南星也沒等人家推舉他，就撥著大夥兒的腳指，像老太太挑香蕉似的，檢查起來。結果是兩個馬來小妞的最小，大家都鼓起掌歡迎她們說笑話。

兩小妞的臉蛋更紅了，你看著我，我瞧著你，不知說什麼好，也不知誰應當先說。嘀咕了半天，打算請姐姐先講，可是根本弄不清誰是姐姐，於是又改成兩個一齊說。她們看著地上，手摸弄著腿腕上的鐲子，一齊細聲細氣地說：「有一回呀，有一回呀，有一個老虎。」

「不是，不是老虎，是鱷魚！」

「不是鱷魚，是老虎！」

「偏不是老虎，是鱷魚！」

一個非說老虎不行，一個非講鱷魚不可。姐妹倆越說越急，頭上的小髻都擠到一塊，大家只聽到：「老虎，鱷魚，鱷魚，老虎。」

南星鼓起掌來，他覺得這非常好聽。平常人們說笑話，總是又長又複雜，鉤兒彎兒的，老聽不明白。你看她們說的多麼清楚：老虎，鱷魚，沒有別的事兒。好！拼命鼓掌！

仙坡恐怕她們打起來，勸她們一個先說老虎，一個再說鱷魚。她們不聽，非一齊說不可；因為她們這兩個笑話是一字不差記在心裡的；可是獨自個來說，是無論怎樣也背不上來的。

大家看這個樣兒，真有點不好辦，全舉起手來要說話。及至小坡問他們要說什麼，又將手落下去，全一語不發啦。最後還是小坡提議：叫她們姐妹等一會兒再說，現在先請妹妹仙坡說一個。其實仙坡的笑話，他是久已聽熟的，但是愛妹妹心切，所以把她提出來。大家也不知究竟聽明白沒有，又一齊鼓掌。小印度姑娘不懂得怎樣鼓掌，用手拍著腳心；心中納悶：為什麼拍的沒別人那樣響亮呢？

仙坡很感激大家鼓掌歡迎她，可是聲明：她的嘴很小，恐怕說不好。大家都以為這不成理由，而且南星居然想到：嘴小吃香蕉嗎，倒許吃得不痛快；說笑話嗎，恐怕嘴小比嘴大還好；他自己的嘴很大，然而永遠不會說故事。仙坡很客氣地答應了他們，大家全屏氣息聲地聽著。她先扭著頭看了看椰樹上琥珀色的半熟椰果，然後撚了撚辮上的紅絨繩兒，又摸了摸腳背上的小黑痣兒。南星以為這就是說笑話，登時鼓起掌來。小坡有點不高興，用腳指頭夾了南星的胖腿肚子一下，南星趕緊停止了拍掌。

仙坡說了：「有一回呀，有一隻四眼兒虎。」

兩個馬來小姐，兩個印度小兒一齊說了：「虎都是兩隻眼睛！」馬來和印度都是出虎的地方，所以他們知道得詳細。

仙坡把小嘴一撇，生了氣：「不說了！」

印度小孩覺得有點不好意思，趕緊解說：「你說的是兩隻虎，那自然是四個眼的。」

「呸！偏是一隻老虎，四個眼睛！」仙坡的態度很強硬。

馬來姐妹一齊低聲問：「四個眼睛都長在什麼地方呢？都長在脖子上？」說完，她們都遮嘴，低聲笑了一陣。

仙坡回答不出，只好瞪了她們一眼。

三多忽然一時聰明，替仙坡說：「戴眼鏡的老虎便是四眼虎！」

南星不明白話中的奧妙，只覺得糊塗得頗有趣味，又鼓起掌來。

仙坡不言語了。小坡試著想個好聽的故事，替妹妹轉轉臉。不知為什麼，除了四眼虎這個笑話，什麼也想不起來。

大家請求印度小姑娘說，她也說了個虎的故事，而且只說了一半，把下半截兒忘了。

這時候，大家都想說，可是腦中只有虎，虎，虎，虎，誰也想不出新鮮事兒來。最後南星自薦，給大家說了一個：

「有一回呀，有隻四眼虎，還有隻六眼虎，還有隻——有隻——七眼虎。」說到六隻眼，他的「以二進」的本事完了，只能一隻一隻往上加了。一直說到：「還有隻十八眼虎，」再也想不起：十八以後還是五十呢，還是十二呢。

想不起，便拉倒，於是他就禿頭兒文章，忽然不說了。

假如他不是自己給自己鼓掌，誰也想不到他是說完了。

五　還在花園裡

南星的笑話說完，不但沒人鼓掌，而且兩個馬來小妞低聲地批評：她們向來沒聽過這樣糊塗的故事！南星聽見了，雖然沒生氣，心中可有點不歡喜。糊塗人也有點精明勁兒，這點精明是往往在人家說他糊塗的時候發現，南星也是如此。他想了半天，打算說些絕不帶傻氣的話，以證明他不「完全」糊塗；他承認自己有「一點」糊塗。他忽然說：

「我坐過火車！」

這句話叫他的身分登時增高了許多，因為在這一幫小孩中，只他一個人有說這個話的資格。大家自然都看見過火車，可是沒有坐過，「看過」和「坐過」是根本不同的，當然不敢出聲，只好聽著南星說：

「火車一動，街道，樹木、人馬、房子，電線杆子就全往後面跑。」

這個話更是叫他們聞所未聞，個個張著嘴發愣，不敢信以為實，也不敢公然反對。

現在南星看出他的身分是何等的優越，心中又覺得有點不安，似乎糊塗慣了，忽然被人欽敬，是很難受的事兒。於是他雙手扯著嘴，弄了個頂可怕，又可笑的鬼臉。

大家此時好像受了南星的魔力，趕快都雙手扯嘴，弄了個鬼臉；而且人人心中覺到，他們的鬼臉沒有南星的那樣可怕又可笑。

到底是小坡膽氣壯，不易屈服，他臉對臉地告訴南星，他不明白為什麼樹木和電線杆子全往後退。

「你看，」南星此刻也有點懷疑，到底剛才所說的是否正確。可是話已說出去，也不好再改嘴：「你看，比如這是火車，」他撿起小坡的火車來，托在手上：「你們是火車兩旁的人馬樹木，你們全站起來！」

大家依命都站起來。

「看著，」南星說：「這是火車，」火車一走，他往前跑了幾步，「你們就覺著往後退！」他又往前跑了幾步，回過頭來問：「覺得往後退沒有？」

大家一齊搖頭！

南星臉紅了，結結巴巴地說：

「來！來！咱們大家當火車，你們看兩旁的樹木房子退不退！」

他們排成兩行，還由南星做火車頭，「門！──」了一聲，繞了花園一遭。

「看出東西全往後退沒有？」南星問，其實他自己也沒覺得它們往後退，不過不好意思不這麼問一聲兒。

「沒有！沒有！」大家一齊喊。兩個馬來小妞低聲兒說：「我們倒看見樹葉兒動了，可是，或者是因為有風吧！」說完她們嘰嘰咕咕地笑了一陣。

「反正我坐過火車！」南星沒話可說，只好這樣找補一句。

「他瞎說呢，」兩個馬來小妞偷偷地對仙坡說：「我們坐過牛車，就沒看見東西往後退。」

牛車，火車，都是車，仙坡自然也信南星是造謠言呢。

三多想：也許樹木和房子怕火車碰著它們，所以往後躲，這也似乎近於情理；但是他沒敢發表他的意見。看著大家還排著兩行，沒事可做，他說了話：

「咱們當兵走隊玩吧！」

大家正想不出主意，樂得的有點事兒做，登時全把手擱在嘴上吹起喇叭來。南星一邊兒吹號，一邊兒把腳丫抬起老高，噗嚓噗嚓地走。大家也噗嚓噗嚓地在後面跟著。小坡拔起一根三楞草插在腰間，當作劍；又撿起根竹竿騎上，當馬；

耀武揚威地做起軍官來。

「不行！不行！站住！」小坡在馬上下命令：「大家都吹喇叭，沒有拿槍當兵的還行嗎？」

全部軍隊都站住，討論誰吹喇叭，誰當後面跟著的兵。討論的結果：大家全願意吹喇叭，南星說他可以不吹喇叭，但是必須允許他打大鼓。

「我們不能都吹喇叭！」小坡的態度很堅決：「這麼著，先叫小姑娘們吹喇叭，我們在後面跟著當兵。然後我們再吹喇叭，叫她們跟著走，這公道不公道？」

小坡的辦法有兩個優點：尊敬女子和公道。大家當然贊成。於是由仙坡領隊，她們全把手放在嘴上，滴答滴答地吹起來。

可是，後面的兵士也全把手放在嘴上吹起來。

「把手放下去！」小坡向他們喊。

他們把手放下去了，可是嘴中依然滴答滴答地吹著，而且吹得比前面的樂隊的聲音還大的多。小坡本想懲罰他們中的一個，以示警戒。可是，他細一聽啊，好，他自己也正吹得挺響。

走了一會兒，小坡下令換班。男的跑到前面來，女的退到後邊去，還是大家一齊出聲，誰也不肯歇著。小坡本來以為小姑娘們容易約束，誰知現在的小妞兒更講自由平等。

「大家既都願意吹喇叭，」小坡上了馬和大家說：「落得痛痛快快地一齊唱回歌吧！」

唱歌比吹喇叭更痛快了，況且可以省去前後換班的麻煩，大家鼓掌贊成。

「站成一個圓圈，我一舉竹竿就唱。」小坡把竹竿──就是剛才騎著的那匹大馬──舉起，大家唱起來。

有的唱馬來歌，有的唱印度曲，有的唱中國歌，有的唱廣東戲，有的不會唱扯著脖子嚷嚷，南星是只會一句：「門！」

啊哎吆喝，門！──吆哎啊喝，門！──哎呀，好難聽啦，樹上的鳥兒也嚇飛了，小貓二喜也趕快跑了，街坊四鄰的小狗一齊叫喚起來，他們自己的耳朵差不多也震聾了。

小坡忽然想起：陳媽在樓上睡覺，假如把她吵醒，她一定要對媽媽說他的壞話。他趕緊把竹竿舉起，叫大家停住。他們正唱得高興，哪肯停止；一直唱（或者應該說，「嚷」）下去，聲兒是越來越高，也越難聽。唱到大家都口乾舌燥，嗓子裡冒煙，才自動地停住。停住之後，南星還補了三四聲「門！——」招得兩個馬來小妞說：設若火車是她們家的，她們一定在火車頭上安起一架大留聲機來，代替汽笛——天下最難聽的東西！

幸而陳媽對睡覺有把握，她始終沒醒；小坡把心放下去一些。歇了一會兒，大家才彼此互問：「你剛才唱的是什麼？」「你聽我唱的好不好？」

「我也不知道我唱的是什麼。你唱的我一點也沒聽見！」大家這麼毫不客氣地回答。

大家並不覺得這樣回答有什麼不對的地方，本來嗎，唱歌是要「唱」的，誰管別人聽不聽呢。

又沒事可做了！有的手拍腦門，有的手按心口，有的撩著裙子，有的扯著耳朵，大家想主意。主意本來是很多的，但是一到想的時候，便全不露面兒了。想了半天，大家開始彼此問：「你說，咱們幹什麼好？」

「我們『打倒』吧？」小坡提議。

「什麼叫『打倒』呢？」大家一齊擁上前來問。

據小坡的經驗，無論開什麼會，演說的人要打算叫人們給他鼓掌，一定得說兩個字一一打倒。無論開什麼會，聽講的人要拍掌，一定是要聽到兩個字——打倒。比如學校裡歡迎校長吧，學生代表一喊打倒，大家便鼓起掌來。比如行結婚禮吧，證婚人一說打倒，便掌聲如雷。這並不是說，他們歡迎校長，而又想把他打出去；他們慶賀人家白頭偕老，又同時要打新郎新婦一頓；這不過是一種要求鼓掌的記號罷了。

不但社會上開會如此，就是小坡的學校內也是如此。三年級的學生喊打倒，二年級的小姑娘也喊打倒，幼稚園的胖小子也喊打倒。先生不到時候不放學，打倒。媽媽做的飯不好吃，打倒。好像他們這一輩子專為「打倒」來的，除了他們自己，誰都該打倒。最可笑的是，小坡看出來，人人喊打倒，可是沒看見過誰真把誰打倒。更奇怪的是：不真打，人們還真不倒。小坡有點不佩服這群只真嚷嚷，而不真動手的人們。

小坡的計畫是：去搬一隻小凳當講臺，一個人站在上邊，作為講演員。他一喊打倒，下面就立起一位，問：你是要打倒我嗎？臺上的人一點頭，登時跳下臺去，和質問的人痛打一番。講演人戰勝呢，便再上臺去喊打倒，再由臺下一人向他挑戰。他要是輸了呢，便由戰勝者上臺去喊打倒。如此進行，看最後誰能打倒的頂多，誰就算贏了，然後由大家給他一點獎品。

南星沒等說完，已經把拳頭握好，專等把喊打倒的打倒。

兩個小印度也先在自己的胸上捶了兩拳，作為接戰的預備。三多也把暑涼綢褂子脫了，交給妹妹拿著。

兩個馬來小妞兒一聽他們要打架比武，嚇得要哭。仙坡雖然膽子大一些，但是聲明：男和女打不公道。印度小姑娘主張：假如非打不可，那麼就三個女的打一個男的，而且女的可以咬男子的耳朵。三多的妹妹沒說什麼，心中盤算：大家要打成一團的時候，她便把哥哥的褂子蓋在頭上，藏在花叢裡面。

南星雖然兇猛非常，可是聽到她們要咬耳朵，心中未免有點發嘀咕：設若他長著七八十來隻耳朵呢，咬掉一個半個也原不算什麼。

可是一個人只有兩隻——他摸了摸耳朵，確是只有一對兒！——萬一全咬下去，腦袋豈不成了禿球！他傻子似的看著小坡，小坡到底有主意：女子不要加入戰團，只要在遠處坐著，給他們拍掌助威。

大家贊成這個辦法。女子坐在一邊，專等鼓掌。小坡搬了一隻小矮凳來，怕南星搶他的，登時便跳上去。

小坡的嘴唇剛一動，南星便躥過去了：他以為小坡一定要說打倒的。誰知小坡並沒那麼說，他真像個講演家似的，手指著天上：「諸位！今天，哥哥到這裡，」（有仙坡在座，他自然要自稱哥哥，雖然他常聽人們演說的時候自稱「兄弟」）「要——打倒！」

「你要打倒我嗎？」下面四位英雄一齊喊。

小坡原是主張一個打一個的，可是一見大家一齊來了，要一定主持原議，未免顯著太不勇敢。於是他大聲喝道：

「就是！要打你們一群！」

這一喊不要緊，簡直的像拆了馬蜂窩了，大家全吼了一聲，殺上前來。兩個小印度腿快，過來便一人拉住小坡一隻胳臂。南星上來便摟他的腿。三多掄圓了拳頭，打在自己頭上，把自己打倒。小坡拼命往外抽胳臂，同時兩腳叉開，不叫南星摟住。

仙坡一看三個打一個，太不公平，捋了一把樹葉，往南星背上扔；可是無濟於事，因為樹葉打人是不疼的。兩個馬來小妞害怕，遮著眼睛由手指縫兒往外看，看得分外清楚。印度小姑娘用手拍腳心，鼓舞他們用力打。三多的妹妹看見哥哥自己打倒了自己，過去騎在他身上，叫他當黃牛。

小坡真有能耐，前掄後扯，左扭右晃，到底把胳臂抽出來。南星是低著頭，專攻腿部，頭上挨了幾拳，也不去管，好像是已把腦袋交給別人了似的。他本來是摟著小坡的腿，可是經過幾次前後移動，也不知是怎回事，摟著的腿變成黑顏色了。好吧，將錯就錯，反正摔誰也是一樣，一使勁，把小印度扳倒了一個。這兩個滾成一團，就手兒也把小坡絆倒。於是四個人全滿地翻滾，誰也說不清哪個是自己的手腳，哪個是別人的；不管，只顧打；打著誰，誰算倒運；打著自己，也只好算著。

打著打著，南星改變了戰略：用他的胖手指頭鑽人們夾肢窩和大腿根的癢癢肉。大家跟著都採用這個新戰術，哎呀！真癢癢，都倒在地上，笑得眼淚汪汪，也沒法再接著作戰。笑聲剛住，肋骨上又來了個手指頭，只好捧著肚子再笑。剛喘一口氣，腳心上又挨了一戳，機靈的一下子，又笑起來。小姑娘們也看出便宜來，全過來用小手指頭，像一群小毛毛蟲似的，癢癢出出，癢癢出出，在他們的胸窩肋骨上亂串。他們滿地打滾，口中一勁兒央求。
「誰贏了？」三多忽然喊了一聲。
大家都忽然地爬起來，捧著肚子喘氣，剛喘過氣來，一齊喊：「我贏了！」
「請仙坡發給獎品！」小坡說。
仙坡和兩個馬來小妞嘀咕了半天，然後她上了小凳手中拿著一塊橘皮，說：「這裡是一塊黃寶石，當作獎品。我們想，」她看了兩個馬來小妞一眼，「這個獎品應當給三多！」
「為什麼？沒道理！」他們一齊問。
「因為，」仙坡不慌不忙地說，「他自己打倒自己，比你們亂打一回的強。他打倒自己以後，還背著妹妹當黃牛，又比你們好。」她轉過臉去對三多說：「這是塊寶石，很嬌嫩的，你可好好的拿著，別碰壞了！」
三多接過寶石，小姑娘們一齊鼓掌。
「不公道！」兩個小印度嚷。
「不明白！」南星喊。
「分給我一半！」小坡向三多說，跟著趕緊把妹妹背起來：「我也愛妹妹，當黃牛，還不分給我一半？」

南星一看，登時爬在地上，叫小印度姑娘騎上他：「也分給我一半！」

兩個小印度慌著忙著把兩個馬來小妞背起來。

三多的妹妹在三多的背上說：

「不行了！太晚了！」

「不玩了！」南星的怒氣不小。

「不玩了？可以！得把我們背回家去！」小姑娘們說。

他們一人背著一個小姑娘，和小坡兄妹告辭回家。

六　上學

要是學校裡一年到頭老放假，這一年的光陰要過得多麼快活，多麼迅速；你看，年假一個來月過得有多麼快，還沒玩耍夠呢，又到開學的日子了！不知道先生們為何這樣愛教書，為什麼不再放兩三個月的假，難道他們不喜歡玩耍嗎？哪怕再放「一」個月呢，不也比現在就上學強嗎？

小坡雖然這麼想，可是他並不怕上學。他只怕妹妹哭，怕父親生氣；此外，他什麼也不怕，沒有他不敢做的事兒。開學就開學啵，也跟做別的遊戲一樣，他高高興興地預備起來。由父親的鋪中拿來七八支蟲蝕掉毛，二三年沒賣出去的毛筆。父親那裡不是沒有好筆，但是小坡專愛用落毛的，因為一邊寫字，一邊摘毛，比較的更熱鬧一些。還拿來一個大銅墨水匣，不為裝墨，是為收藏隨時撿來的寶貝——粉筆頭，小乾檳榔，棕棗核兒等等。

父親給買來了新教科書，他和妹妹一本一本的先把書中圖畫看了一遍。妹妹說：「這些新書不如舊的好，因為圖畫不那麼多了。」小坡嘆了口氣說：「先生們不懂看畫，只懂看字，又有什麼法兒呢！」

東西都預備好了，書袋找不到了。小坡和妹妹翻天搗洞地尋覓，連洗臉盆裡，陳媽的枕頭底下都找到了，沒有！最後他問小貓二喜看見了沒有，二喜喵了一聲，把他領到花園裡，哈哈！原來書袋在花叢裡藏著呢。拿起一看，裡面鼓鼓囊囊地裝著些小棉花團，半個破皮球，還有些零七八碎的；原來二喜沒有地方放這些玩藝兒，借用小坡的書袋作了百寶囊。他告訴了妹妹這件事，他們於是更加喜愛二喜。小坡說：「等父親高興的時候，可以請求他給買個新書袋，就把這個舊的送給二喜。」妹妹說：「簡直的她和二喜一人買個書袋，都去上學也不壞。」可是小坡說：「學校裡有一對小白老鼠，要是二喜去了恐怕小鼠們有些性命難保！」這個問題似乎應該等有工夫時，再詳加討論。

由家裡到學校有十幾分鐘便走到了。學校是早晨八點鐘上課，哥哥大坡總在七點半前後動身上學。可是小坡到六點半就走，因為妹妹每天要送他到街口，然後他再把妹妹送回家，然後她再送他到街口，然後他再把妹妹送回來。如此互送七八趟，看見哥哥預備好了，才戀戀不捨地把妹妹交給母親，然後同哥哥一齊上學去。

有的時候呢，他和妹妹在附近走一道，去看南星，三多，和馬來小妞兒們。

小坡納悶：為什麼南星們不和他在一個學校念書；要是大家成天在一塊兒夠多麼好！不行，大家偏偏分頭去上學，只有早晚才能見面，真是件不痛快的事。還更有不可明白的事呢：大家都是學生，可是念的書都不相同，而且上學的方法也不一樣。拿南星說吧，他一月只上一天學。那就是說，每月一號，南星拿著學費去交給先生，以後就不用再去，直等到第二月的一號。聽說南星所入的學校裡，有一位校長，一位教員，一個聽差，和一個學生——就是南星。校長，教員，聽差，和南星都在每月一號到學校來。大家到齊，聽差便去搖鈴，搖得很響。一聽見鈴聲南星便把學費交給校長。聽差又搖鈴，搖得很響；校長便把南星的學費分給先生與聽差。聽差又搖鈴，搖得很響；校長和先生便出去吃飯。他們走後，南星搶過銅鈴來搖，搖得更響；痛痛快快地搖過一陣，便回家去。他第一次入學的時候，拿著第一冊國語教科書，現在上了三年的學，還是拿著第一冊國語。他的父母說：天下再找不出這樣省書錢，省筆墨費的地方，所以始終不許南星改入別的學校。校長和先生呢，也真是熱心教育，始終不肯停。新加坡學校太多，招不來學生，那不是他們的過錯。小坡很想也入南星所在的學校，但是父親不但不允所請，還帶手兒說：「南星的父親是糊塗蟲！」

兩個馬來小姑娘的上學方法就又不同了：她們的是個馬來學校。她們是每天午前十一點鐘才上學，而且到了學校，見過先生便再回家。聽說：她們的學校裡不是先生教學生，是學生手把手兒回家去。小坡也頗想入這個學校；因為他可以教給馬來先生們許多事情。但是父親不知為何老藐視馬來人，又不准小坡去！

兩個小印度是在英文學校念書。學校裡有中國小孩，印度小孩子等等；還有白臉，高鼻子，藍眼珠的美國教員，而且教員都是大姑娘。小坡時時想到：我要是換學校啊，一定先入這個英文學校。那裡有各樣的小孩，多麼好玩；況且有白臉，高鼻子，藍眼珠的教員，而且都是大姑娘！我要是在那裡好好念書，先生一喜愛我，也許她們把仙坡請去當教員；仙坡雖然沒長著藍眼珠，但是她反正是姑娘啊！

兩個小印度上學的方法也很有趣味：他們是上一天學，休息一天的，因為他們倆交一份兒學費，兩個人倒換著上學，今天哥哥去，明天弟弟去。藍眼珠的先生們認不清他們誰是誰，所以也不知道。到學期考試的時候，哥預備英文，弟弟就預備地理，你看這有多麼省事！誰能把一大堆書都記住，就是先生們呢，不也是有的教國語，有的教唱歌吧？可見一個人不能什麼都會不是？小印度們的辦法真有道理，各人抱著一角兒，又省事，又記得清楚。小坡想：假如他披上他那件紅綢子寶貝，變成印度，再叫妹子把臉塗黑，也頗可以學學小印度們，一人一天的上學。唉！不好辦！父親準不許他們這樣辦！一問父親，父親一定又說：「廣東人上廣東學校，沒有別的可說！」

小坡要是羨慕南星們呀，可是他真可憐三多。三多是完全不上學校，每天在家裡跟著個戴大眼鏡，長鬍子，沒有牙的糟老頭子，念讀寫作，一天幹到晚！沒有唱歌，也沒有體操！頂厲害的是：書上連一張圖畫沒有，整篇整本密密匝匝的全是小黑字兒！也就是自己能打倒自己的三多，能忍受這個苦處；換個人哪，早一天喊五百多次「打倒」了！不錯，三多比誰都認識的字多。但是他只認識書本上的字，一換地方，他便抓瞎了。比如你一問他街上的廣告，鋪戶門匾上的字，他便低聲說：「這些字和書本上的不一樣大，不敢說！」可憐的三多！

小坡雖然羨慕別人的學校，可是他並不是不愛他所入的學校。那裡有二百多學生，男女都有。先生也有十來位，都能不看圖就認識字。他們都很愛小坡，小坡也很愛他們。小坡尤其愛他本級的主任先生，因為這位先生說話聲音宏亮，而且能在講臺上站著睡覺。他一睡，小坡便溜出去玩一會兒。他醒來大聲一講書，小坡便再溜進來，絕對的不相衝突。

六點半了，上學去！背上書袋，袋中除了紙墨筆硯之外，還塞著那塊紅綢子寶貝，以便隨時變化形象。

拉著妹妹走出家門。

「先去看看南星，好不好？」

「好哇。」

繞過一條街，找到了南星。

「上學嗎，小坡？」南星問。

「可不是。你呢？」

「我？還沒到一號呢。」

「哦！」小坡心中多麼羨慕南星！

「咱們找三多去吧？」

「別去啦！三多昨兒沒背上書來，在門口兒罰站，腦袋晒得直流油兒。我偷偷地給他用香蕉葉子做了個帽子，好！被那個糟老頭子看見了，拿起大煙袋，啊！給了我一下子！你看看，這個大包！」

果然，南星的頭頂上有個大包，顏色介乎青紫之間！

「啊！」小坡很為南星抱不平，想了一會兒，說：「南星，趕明兒咱們都約會好，去把那個糟老頭子打倒，好不好？」

「他的煙袋長，長，長著呢！你還沒走近他身前，他把煙袋一掄，啪！準打在你的頭上！好，我不敢再去！」南星摸著頭上的大包，頗有點「一朝被蛇咬，三年怕井繩」的神氣。

「先去偷他的煙袋呀！」小坡說。「不行，三多說過：老頭子除了大煙袋，還有個手杖呢！老頭子常念道：沒有手杖不用打算教學！」

「手杖？」仙坡不明白。

「唉，手杖？」南星也不知道什麼是手杖，只是聽三多說慣了，所以老覺得「似乎」看見過這種名叫手杖的東西。——不敢說一定是什麼樣兒。

「什麼是手杖呢？二哥？」仙坡問小坡。

小坡翻了翻眼珠：「大概是個頂厲害的小狗，專咬人們的腿肚子！」

「那真可怕！」仙坡顫著聲兒說。

小坡知道這個老頭子不好惹，他只好說些別的：「咱們找小印度去，怎樣？」

「已經上學了，剛才從這兒過去的。」南星回答。
「反正他們總有一個在家呀，他們不是一人一天輪著班上學嗎？」小坡問。
「今天他們學校裡開會，有點心，有冰淇淋吃。他們所以全去了。他們說：一個先進去吃，吃完了出來換第二個。這樣來回替換，他們至少要換十來回！可惜，我的臉不黑；不然，我也和他們一塊去了！點心，冰淇淋！哼！」南星此刻對於生命似乎頗抱悲觀。
「冰淇淋！點心！」小坡，仙坡一齊舔著嘴唇說。
待了半天，小坡說：「去看看馬來小姑娘們吧？」
「她們也上學了！」南星喪氣頹聲地說，似乎大家一上學，他簡直成了個無依無靠的「小可憐兒」啦。
「也上學啦？這麼早？我不信！」仙坡說。
「真的！我還背了她們一程呢！她們說：有一位先生今天早晨由床上掉下來了，不知道怎麼再上去好，所以來傳集學生們，大家想個好主意。」
「哦！」仙坡很替這位掉下床來而不知怎麼再上去好的先生發愁。
「把床翻過來，蓋在他身上，就不錯；省得上床下床怪麻煩的，」小坡說，待了一會兒：「可是，那要看是什麼床啦：藤床呢還可以，要是鐵床可未免有點壓的慌！」

「其實在地板上睡也不壞，可以不要床。」仙坡說。

「有這樣的老師，真是好玩！我趕明兒告訴父親，也把我送到馬來學校去念書。」南星說。

「你要去，我也去。可是你得天天背著我上學！」仙坡說。

「可以！」南星很高興仙坡這樣重視他。

「好啦，南星，晚上見！我可得上學啦！」小坡說。

「早點回來呀！小坡！咱們還得打一回呀！」南星很誠懇地央求。

「一定！」小坡笑了笑，拉著妹妹把她送回家去。

到了家門，哥哥已經走了，他忙著扯開大步，跑向學校去。

七　學校裡

到了學校，小坡的第一件事是和人家打起來了。假如你們知道小坡打架的宗旨，你們或者不至於說他是好勇鬥狠，不愛和平了。小坡的打架，十回總有九回半是為維持公道，保護別人呀。尤其是小姑娘們，她們受了別人的欺侮，不去報告先生，總是來找小坡訴苦。小坡雖然還在低年級，可是一見不平的事兒，便勇往直前，不管敵人的胳臂比電線杆子還粗，也不管敵人的腿是鐵打的還銅鑄的。打！沒有別的可說！人們仗著胳臂粗，身量大，去欺侮人，好，跟他們拼命！

小坡到拼命的時候，確也十分厲害。雙手齊掄，使敵人注意上部，其實目的是用腦袋撞敵人的肚子。自然哪，十回不見得有三四回恰好撞上；但是，設若撞上呀，哈！敵人在三天之內不用打算舒舒服服地吃香蕉了！

小坡的頭是何等堅硬！你們還記得：他和媽媽上市買東西去，不是他永遠把筐子，不論多麼沉重，頂在頭上嗎？再說，閒著沒事兒的時候，他還貼著牆根，兩腳朝天，用腦袋站著，一站就是十來分鐘。有經過這樣訓練的腦袋，再加以全身力量做後盾，不要說撞人呀，就是碰在老山羊頭上，也得叫山羊害三天頭疼！

據被撞過的人說：只要小坡的腦門觸上你的肚皮，得啦，你的肚皮便立刻貼在脊梁骨上去，不好受！

小坡對於比自己身量矮，力氣弱的呢，根本不屑於這麼費「腦力」——腦袋的力量，他只要手拍腦門然後一指敵人的肚子，敵人便沒有別的辦法，只好認罪賠情。

對於「個子」，力氣差不多與小坡相等的，他也輕易不用腦袋；用拳頭打勝豈不更光榮，也顯著不佔便宜啊。到底是小坡，什麼事都講公道！

還有一類小孩呢，好欺侮人，又不敢名正言順地幹，偷偷摸摸地占小便宜兒；被人指出過錯來，不肯認罰；聽人家跟他挑戰，便趕緊抹著淚去見老師。小坡永遠不跟這樣的小鬼兒宣戰，只是看見他們正在欺侮人的時候，過去就是一拳，打完再說。

被打的當然去告訴先生，先生當然懲罰小坡。小坡一聲不出，低頭領受先生的罰辦。他心裡說：反正那一拳打得不輕！至少叫你三天之內不敢再欺侮人！

「操場的樹後面見！」是正式挑戰的口號。

這個口號包括著許多意思：操場東邊有一排密匝匝的小山丹樹，剪得整整齊齊的，有三尺多高。這排紅花綠葉的短牆以後，還有塊空地。有幾株大樹把這塊地遮得綠蔭蔭的，又涼爽，又隱僻，正好作為戰場。到這兒來比武的，目的在見個勝負，事前事後都不准去報告先生們的。打完了的時候，勝家便說：「完了，對不起呀！」敗將也隨著說：「完了，對不起呀！」假如不分勝負，同時倒在地上，便喊個一，二，三，一齊說：「完了，對不起呀！」這樣說，雖是打了架，而根本不傷和氣。所以小坡雖常常照顧這塊地方，可是並沒和誰結下仇恨。

現在我們應當低點聲兒說了！小坡，這樣可愛的一個小孩兒，原來也有時候受賄賂，替人家打架。

「小坡，替我和王牛兒打一回吧！他管我父親叫大洋狗！」一個小魔鬼手裡握著五張香煙畫兒。「打倒王牛兒，這全是你的，保管全是新的！」

小坡一勁兒搖頭，可是眼睛盯著小魔鬼的手。

小魔鬼遞過一張來。

小坡遲疑了一會兒，接過來了，捨不得再交還回去，果然是骨力硬整，嶄新的香煙畫！

「你先拿著那張，打贏了之後再給這四張！」小魔鬼張開手，不錯，還有四張，看著特別的可愛。

「輸贏總得給我？」小坡的靈魂已經被小魔鬼買了去！

「打輸了哇？吹！打贏了？給！你常打勝仗，是不是？」小魔鬼的話說得甜美而帶力量。

「好了，什麼時候？」小坡完全降服了。

「下了第二堂，操場後面。」

「好吧，那兒見！」小坡把畫兒鄭重地收好，心中十分得意。

時間到了，大家來到大樹底下。

打！哎呀，自己的腦袋沒有熱力貫著，一撞就撞了個空。拳頭也只在空氣中瞎掄，打不著人。敵人的拳頭雨點般打來，打在身上分外的疼。而且好像拳拳打在小坡的良心上了！只覺得疼，鼓不起勇氣來！心中越慚愧，手腳越發慌。每拳打在身上都似乎是說：要人家的洋畫，不要臉！哪！……結果，被人家打倒在地！王牛兒得意揚揚地說：「完了，對不起呀！」小坡含羞帶愧地說：「完了，對不起呀！」

呸！呸！呸！——小魔鬼的聲音！

以後再也不這樣幹了，多麼丟臉！為爭公道的時候，打得多麼有力氣，打輸打贏都是光榮的！為幾張香煙畫打的時候，頭和豆腐一樣軟，而且心裡何等的難過！況且事後一打聽，原來是小魔鬼先說：王牛兒的姐姐長得像隻小老鼠，王牛兒才反口說他父親像大洋狗。

「小坡！」後來又有一個小魔鬼捧著一把各色的花蛤殼：「你和李三羊打。」

小坡沒等他說完，手遮著眼睛就跑開了。

我們往回說吧。小坡進了校門正問看門的老印度，在新年的時候吃了什麼好東西，聽了什麼好笑話。背後來了個小妞兒，拉了他一把。回頭一看，原來是同班的小英。她滿臉是淚，連腦門上都是淚珠，不曉得她怎麼會叫眼淚往上流。

「怎麼了？小英！」

小英還是不住地抽搭，嘴唇張了幾次，吃進許多大鹹淚珠，可是說不出話。

「怎麼了，小英；別哭，吃多了眼淚可就吃不下飯去了！」小坡常見妹妹仙坡鬧脾氣哭喊的時候，便吃不下飯去，所以知道吃眼淚是有礙於飲食的。

小英果然停住哭聲，似乎是怕吃不了飯。她委委屈屈地說：「他打我！」

「誰？」小坡問，心中很替小英難過。

「張禿子！打我這兒！」小英的手在空中隨便指了一指。

小坡看了看小英的身上，並沒有被打的痕跡。或者張禿子打人是不留痕跡的，也未可知。反正小英的眼淚是真的，一定是受了委屈。

「他還搶去一隻小船，張禿子！」小英說。

小坡有點發糊塗：還是那小船叫張禿子呢？還是張禿子搶去小船？

「小船？」他問。

「紙摺的小船，張禿子！」

小坡決定了：這一定是張禿子（人），搶去張禿子（小船）。

「你去告訴了先生沒有？」

「沒有！」這時小英的淚已乾了，可是用小指頭在眼睛上抹了兩個黑圈。

「好啦，小英，我去找張禿子把小船要回來。」小坡說著，撩起老印度的裙子給小英擦了擦臉。老印度因為開學，剛換上一條新裙子，瞪了小坡一眼。

「要回小船還不行！」小英說。

「怎麼？」

「你得打他！他打了我這兒，張禿子！」小英的手指又在空中指了一指。

「小英，他要是認錯兒，就不用打他了。」小坡的態度很和平。

「非打他不可！張禿子！」

小姑娘們真不好惹！小坡還記得：有一回妹妹仙坡說，拉車的老牛故意瞪了她一眼，非叫他去打牛不可。你說，萬一老牛真有意打架，還有小坡的好處嗎？經過長時間的辯論，不行，妹妹是「一把兒死拿」，一點兒不退步。最後小坡急中生智，在石板上畫了隻老牛，叫妹妹自己去打，算是把這鬥牛的危險躲過去了。

「好啦，小英，咱們先上教室去吧。」

小英和小坡剛進了講堂，迎面正好遇見張禿子。張禿子一看小坡拉著小英的手，早明白了其中的故典兒，沒等小坡開口，他便說了：

「操場的樹後面見哪，小坡！」

「什麼時候？」小坡問。

「現在就走！你敢不敢？」張禿子的話有些刺耳。

「你先去，等我把衣裳脫了。」

小坡穿著雪白的新制服，不敢弄髒。脫了上身，掛在椅子上，然後從書袋中掏出紅綢寶貝，圍在腰間，既壯威風，又省得髒了褲子。

「小英，你看我一圍上這個寶貝，立刻就比張禿子還高了許多，是不是？」

「真的！」小英一看小坡預備到戰場去，拍著兩隻小手，連話也說不出了。

大樹底下，除張禿子與小坡之外，還有幾個參觀的，都穿著新制服，坐在地上看熱鬧。

由樹葉透進的陽光，斑斑點點射在張禿子的禿頭上，好像個帶斑點的倭瓜，黃蠟蠟兒的帶著些綠影兒。張禿子雖然頭髮不多，力氣可是不小。論他的身量，也比小坡高好些；胳臂腿兒也全筋是筋，骨是骨的，有把子笨勁。

可是小坡一點沒把這個倭瓜腦袋的混小子放在心裡。他手插在腰間，說：

「張禿子，趕快把小英的小船交回去！再待一會兒，可就太晚了！」

張禿子把小紙船放在樹根下的青苔上，然後緊了緊褲帶，又摸了摸禿腦袋，又咽了口氣，又舔了舔嘴唇，又指了指青苔上的小紙船，又看了看旁邊坐著的參觀者，又捏了捏鼻子，這才說：

「打呀！不用費話，你打勝，小船是小英的；你打敗，小船歸我啦！」

張禿子不但態度強橫，對於作戰也似乎很有把握。把腳一跺，禿頭一晃，吼了一聲，就撲上來了。

一看來得厲害，小坡算計好，非用腦袋不足以取勝。他架開敵人的的雙手，由尾巴骨起，直至頭頂，聯成一氣，照著張禿子的肚子頂了去。張禿子也是久經大敵的手兒，早知小坡的「撞羊頭」馳名遠近，他趕快一吸氣，把肚子縮回，跟著便向旁邊一偏身，把小坡的頭讓過去。

小坡每逢一用腦袋，便只用眼睛看著敵人的腳步移動，把脖子，脊梁一概犧牲。他見張禿子的腳挪到旁邊去了，心中說：「好，捶咱脊背！」果然，當當，背上著了拳，胸中和口腔裡還似乎有些迴響。張禿子打人有這樣好處：捶人的時候老有聲有韻的，當當，五聲一頓，不多不少，怪有意思的。

小坡趕快往後退，拉好了尺寸，兩手虛晃，頭又頂上前去。喝！張禿子的腳又挪開了，頭又撞著了空氣！當當，背上又挨了五拳。哎呀，脖子上也當開了。只好低著頭聽響兒，一抬頭非叫敵人兜著脖子打倒不可。得換些招數了：不往後退，往前死攻，抱住張禿子的腿，給他個短距離的碎撞。好容易得著敵人的胖腿，自己的背上不知當了多少次了，犧牲不小！不管，自要抱住他的腿，就有辦法了。唉！還是不好，距離太近，撞不上勁來，而背上的當當更響亮了。

「小坡要完！小坡要完！」參觀人這樣亂說。

小坡有點發急了！

急中生智，忽然放了張禿子的腿，「急溜的」一下，往敵人背後轉去。張禿子正揚著頭兒捶得有趣，忽然捶空一拳，一低頭，唉！小坡沒有了。忙著轉身，身兒剛轉好，咈！肚子好像撞在個大皮球上，可是比皮球還硬一些。「啊！小坡的腦袋！」一想起小坡的腦袋來，心中當時失了主心骨兒。兩手不往前掄，擱在頭上，好像要想什麼哲學問題。肚子完全鼓出去，似乎說：來，再撞，果然，咈！我要倒下，他心裡想。果然，不幸而言中，晃晃悠悠，晃晃悠悠，腳不觸地，向後飛去，耳旁呼呼的頗有風聲。咯噔！禿腦瓜扎進丹樹葉裡面去了。

「完了，對不起呀！」小坡一手摸著腦門，一手搓著脖子說。

「完了，對不起呀！」張禿子的嘴在一朵大紅山丹花下面說。

參觀的過來，把張禿子從樹葉裡拉出來。張禿子捧著肚子說：「可惜，這些山丹花不很香，不很香！」

小坡從樹根下撿起那小船，繞過山丹樹，到操場來找小英。她正在矮樹旁邊等著呢。

「喲！小坡！小坡！我都聽見了！你地打張禿子，真解恨！解恨！」小英跺著腳說。

「這是你的小船，小英。好好地拿著，別再叫別人搶去！」他把小船交給小英，心裡說：「地打張禿子，那敢情好！打張禿子，我脊背上可直發燒！」

「可是有一樣，張禿子以後也許不敢再期侮小姑娘了！」小坡自言自語地往教室裡走。「你捶得痛快呀，我頂得也不含糊！」

八　逃學

先生教算術，一手提著教鞭，一手捏著粉筆，很快地在黑板上畫了兩個「7」，然後嗽了一聲，用教鞭連敲黑板，大聲喊道：

「小英！七七是多少！說！」

小英立起來，兩腿似乎要打嘀溜轉，低頭看桌上放著的小紙船，半天沒言語。

「說！」先生又打了個霹靂。

小英眼睛慢慢往左右了，希望同學們給她打個手勢；大家全低著頭似乎想什麼重大的問題。

「說！」先生的教鞭在桌上拍拍連敲。

張禿子在背後低聲地說：「七七是兩個七。」

小英還是低著頭，說：「七七是兩個七。」

「什麼？」先生好似沒有聽見。

「七七是兩個七。」小英說，說完，腿一軟，便坐下了。坐下又補了一句：「張禿子說的！」

「啊？張禿子？」先生正想不起怎麼辦好，聽說張禿子，也就登時想起張禿子來了，於是：「張禿子！七七是多少！說！快說！」

「不用問我，最討厭『7』的模樣，一橫一拐的不像個東西！」張禿子理直氣壯地說。

先生看了看黑板上的「7」，果然是不十分體面。

小坡給張禿子拍掌，拍得很響。

「誰拍掌呢？誰？」先生瞪著眼，教鞭連敲桌子。

大家都愛小坡，沒有人給他洩漏。可是小坡自己站起來了：「我鼓掌來著。先——！」他向來不叫「先生」，只是把「先」字拉長一點。

「你？為什麼？」先生喊。

「『7』是真不好看嗎！『8』字有多麼美：又像一對小耳環，又像一個小葫蘆，又像兩個小糖球粘到了一塊兒。」

小坡還沒說完，大家齊喊：

「我們愛吃糖球！」

「七七是多少，我問你！」先生用力過猛，把教鞭敲斷了一節兒。

「沒告訴你嗎，先——！『7』字不順眼，說不上來。二八一十六，四八四十八，五八——」

「我問你七七是多少，誰叫你說八！」先生一著急，捏起個粉筆頭兒，扔在嘴裡，咬了咬，吃下去了。吃完粉筆頭，賭氣地坐在講桌上，不住地叨嘮：「不教了！不教了！氣死！氣死！」

「二八一十六，四八四十八，五八——」小坡繼續著念。

大家稀裡嘩啦，一齊在石板上畫「8」。

小坡畫了個大「8」，然後把石板橫過來，給大家看：「對了，『8』字橫著看，還可以當眼鏡兒。」

大家忙著全把石板橫過來，舉在面前，「真像眼鏡！」

「戴上眼鏡更看不真了！」張禿子把畫著「8」的石板放在鼻子前面。

「『9』也很好玩，一翻兒就變成『6』。」小坡在石板上畫了個「9」，然後把石板倒拿：「變！是『6』不是？」

大家全趕快畫「9」，趕快翻石板，一聲吶喊：「變！」有幾個太慌了，把石板嘩嚓嚓摔在桌子上。

先生沒有管他們，立起來，又吃了一個粉筆頭。嘴兒動著，背靠黑板，慢慢地睡去。

大家一看，全站起來，把眼閉上。有的居然站著睡去，有的閉著眼慢慢坐下，趴在桌上睡。張禿子不肯睡。依舊睜著眼睛，可是忽然很響地打起呼來。

小坡站了一會兒，輕手躡腳地往外走。一邊走，一邊叨嘮：

「大家愛『8』，你偏問『7』，不知好歹！找你媽去，叫她打你一頓！」

小坡本來是很愛先生的，可是他們的意見老不相合；他愛「8」，先生偏問「7」；他要唱歌，先生偏教國語。誰也沒法兒給他們調停調停，真糟！

走到校外，小坡把這算術問題完全忘掉。心中算計著，幹什麼去好呢。想不出主意來，好吧，順著大街走吧，走到哪兒算哪兒。

一邊走，一邊手腳「不識閒兒」，地上有什麼果子皮，爛紙，全像踢足球似的踢到水溝裡去！恐怕叫小腳兒老太太踩上，跌個腳朝天。有的時候也試用腳指夾地上的小泥塊什麼的。近來腳指練得頗靈通；可惜腳指太短了一些，不然頗可以用腳拿筷子吃飯。洋貨店門外掛著的皮球也十分可愛，用手杵了一下，球兒左右擺動了半天，很像學校大鐘的鐘擺。假如把皮球當鐘擺多麼好，隨時拿下來踢一回，踢完再掛上去，豈不是「一搭兩用」嗎。鐘裡為什麼要擺呢？不明白！不用問先生去，一問他鐘擺是幹什麼的，他一定說：七七是多少？哎呀，還有小乒乓球，洋娃娃，口琴兒等等！可惜都在玻璃櫃裡，不能摸一摸；只好趴在玻璃蓋兒上看著，嘴中叨嘮：有錢的時候，買這個口琴！不，還是乒乓球好，沒事兒和妹妹打一回，準把妹妹贏了，可是也不要贏太多了，妹妹臉皮兒薄，輸多了就哭。還是長大了開個洋貨店吧！什麼東西都有：小球兒，各種的小球兒；口琴兒，一大堆；粉筆，各種顏色的；油條，炸得又焦又長；可是全不賣，自己和妹妹整天拿著玩，這夠多麼有趣；也許把南星找來一塊兒玩耍；南星啊，一定光吃油條，不幹別的！

旁邊的雞鴨店掛著許多板鴨，小燒豬，臘腸兒，唉，不要去摸，把燒豬摸髒了，人家還怎麼吃！「小坡到處講公德，是不是？」他自己問自己。「公德兩個字怎麼寫來著？」……「又忘了！」……「想起來了！」……「哼，又忘了！」

慢慢地走到大馬路。有一家茶葉鋪是小坡最喜愛的。小徒弟們在櫃檯前挑撿茶葉，東一笸籮，西一竹簍，清香得非常好聞。玻璃櫃中的茶葉筒兒也很美麗，方的，圓的，六棱兒的，都貼著很花俏的紙，紙上還畫著花兒和小人什麼的。小坡每逢走到這裡，一定至少要站十來分鐘。

這個還有點奇怪的地方，每逢看見這個茶葉店，便想起：啊，哥哥大坡一定是在這裡被媽媽撿去的！這條大街處處有水溝，不知道為何只有此處像是撿哥哥的地方。他往水溝裡看了看，也許又有個小孩在那裡躺著。沒有，可是有個小青蛙，團著身兒不知幹什麼玩呢。「啊，大概哥哥也是小青蛙變的！小蛙，上這兒來，我帶你看媽媽去！」小坡蹲在溝邊上向小蛙點頭。來了一股清水，把小青蛙沖走了，可惜！

咚，咚，咚，咚，咚，由遠處來了一陣鼓聲。啊！不是娶新娘，便是送殯的！頂好是送殯的，那才熱鬧！小坡伸著脖子往遠處看，心中噗通噗通地直跳，唯恐不是送葬的。而且就是出殯，也還不行；因為送殯的有時完全用汽車，忽——，一展眼兒就跑過去，有什麼好看！小坡要看的是前有旗傘執事，後有大家用白布條拉著的汽車，那才有意思。況且沒有旗傘的出殯的，人們全哭得紅眼媽似的，看著怪難過。有旗傘執事在街上慢慢走的呢，人人嘻皮笑臉的，好似天下最可樂的事就是把死人抬著滿街走。那才有意思！

「哎呀，好天爺！千萬來個有旗傘執事的！」

小坡還伸著脖子，心中這樣禱告。

咚，咚，咚，咚，不是一班樂隊呀，還有「七擦」，「七擦」的中國吹鼓手呢！這半天還不過來，一定是慢慢地的！

等不得了，往前迎上去。小坡瘋了似的，撒腿就跑，一氣跑出很遠。可了不得，看，那個大開路鬼喲！一丈多高，血紅的大臉，眼珠兒有肉包子大小，還會亂動！大黑鬍子，金甲紅袍，腳上還帶著小輪子！一幫小孩子會穿著綠綢衣褲，頭戴蛤殼形的草帽，拉著這位會出風頭，而不會走路的開路鬼。小坡看著這群孩子，他嘴裡直出水，哈！我也去拉著那個大鬼，多麼有趣喲！

開路鬼後面，一排極瘦極髒的人們，都扛著大紙燈，燈上罩著一層黃麻。小坡很替這群瘦人難過，看那個瘦老頭子，眼看著就被大燈給壓倒了！

這群瘦燈鬼後面是一輛汽車，上面坐著幾個人，有的吹嗩吶，有的打銅鑼，有的打鼓。吹嗩吶的，腮幫兒凸起，像個油光光的葫蘆。打鑼的把身子探在車外，一邊笑，一邊當當地連敲，非常得意。小坡恨不得一下子跳上車去，當當地打一陣銅鑼！

汽車後面又是一大群人，一人扛著一塊綢子，有的淺粉，有的淡黃，有的深藍，有的蔥心兒綠，上面都安著金字，或是黑絨剪的字。還有一些長白綢子條，上面的字更多。小坡想不出這都是幹什麼的，而且一點「看頭兒」也沒有。把大塊很好的綢子滿街上擺著，糟蹋東西！拿幾塊黑板寫上幾個「7」，或是畫上兩隻小兔，豈不比這個省錢！小坡替人家想主意。也別說，大概這許是綢緞店的廣告隊？對了，電影院，香煙莊都時常找些人，背著廣告滿街走，難道不許人家綢緞鋪也這麼辦嗎！小坡你糊塗！小坡頗後悔他的黑板代替綢子的計畫。

啊，好了！綢子隊過去了！又是一車奏樂的，全是印度人。他們是一律白衣白裙，身上斜披大紅帶，帶子上有些繡金的中國字。小坡認不清那是什麼字，過去問老印度。老印度搖頭，大概也不認識。

「不認識字，你們倒是吹喇叭呀！」小坡說。

印度們不理他，只抱著洋喇叭洋號，仰頭看著天。

汽車後面有一個打白旗的，襟上帶著一朵花兒，一個小紅緞條，小坡不知道這個人又是幹什麼的。只見他每一舉旗的時候，前面的綢子隊便把綢子扛得直溜一點，好像大家的眼睛全往後了看他似的。有的時候，他還罵街，罵得很花哨，前面的綢子隊也不敢還言。小坡心裡說，這個人一定是綢莊的老闆，不然，他怎麼這樣威風呢。

後面又是一輛沒篷的汽車，車裡坐著個老和尚，閉著眼一動也不動。小坡心裡說：「這必定是那位死人了！」繼而一看，這位老和尚的手兒一抬，往嘴送了一牙橘子。小坡明白了，這不是死人，不過裝死罷了。他走過去把住車沿，問：「橘子酸不酸呀？」老和尚依然一動也不動。小坡沒留神，車前面原來還有兩個小和尚呢。他們都是光頭未戴帽，腦袋晒得花花的流油。他們手打問心，齊聲「呸」了小坡一口。小坡瞪了他一眼，說：

「操場後面見！」

小和尚們不懂，依舊打著問心，腦袋上花花的往下流油。

這輛後邊，還有一車和尚，戴黑僧帽，穿著藍法衣，可是法衣上有許多口袋，和洋服一樣。他們都嘟囔著，好像是背書。小坡想出來了：前面的老和尚一定是先生，閉著眼聽他們背書。不知道背錯了挨打不挨？

這車背書的和尚後面，又有一輛大汽車，拉著一大堆芭蕉扇兒，和幾桶冰水，還有些大小紙包，大概是點心之類。兩個戴著比雨傘還大的草帽的，挑著水桶，到車旁來灌水，然後挑去給人們喝。小坡過去，欠著腳看了看車中的東西。「喝！

還有那麼些瓶子檸檬水呢！」

「拿一把！」駛車的說。

小坡看前後沒人，當然這是對他說了，於是拿了一把芭蕉扇，遮著腦袋。還跟著車走，兩個挑水的又回來灌水，小坡搭訕著喝了碗冰水，他們也沒向他要錢。哼，舒服多了，冰水喝了，頭上還有芭蕉扇遮去陽光，這倒不壞！天天遇見送葬的，豈不天天可以白喝冰水？哼！也許來瓶檸檬水呢！還跟著車走，希望駛車的再說：「拿一把！」豈不可以再拿一把芭蕉扇，給妹妹拿回去。可是駛車的不再言語了。後面咚咚地打起鼓來，不得已，只好退到路旁，去看後面還有什麼好玩的事兒。

喝！又是一車印度，全是白衣，紅裙，大花包頭。不得了，還有一車呢；不得了，還有一車呢！三車印度一齊吹打起來，可是你吹你的，我打我的，誰也不管誰，很熱鬧，真的；但是無論如何不像音樂。

小坡過去，乘著打鼓的沒留神，用拳頭捶了鼓皮一下，捶得很響。打鼓的印度也不管，因為三隊齊吹，誰也聽不出錯兒來。小坡細一看，哈！有兩個印度只舉著喇叭，在嘴上比劃著，可是不吹。小坡過去戳了他們的腳心一下，兩人機靈的一下子，全趕快吹起來。小坡很得意，這一戳會這麼有靈驗。

三車印度之後，有兩排穿黃綢衣褲的小孩，一人拿著個紙人兒。紙人的衣裳很漂亮，可惜臉上太白，而且腦袋全左右前後亂轉。小坡也試著轉，哼，怎麼也把臉轉不到後面去；用手使力搬著，也不行！算了吧，把臉轉到後面去，萬一轉不回來，走路的時候可有點麻煩！

紙人隊後面，更有趣了，一群小孩頭上套著大鬼臉，一路亂跳！有一個跳著跳著，沒留神，踩上一塊香蕉皮，大爬虎似的倒在地上，把鬼臉的鼻子摔下一塊去。哎，戴鬼臉到底有好處，省得摔自己的鼻子！

又是輛大汽車，上邊紮起一座松亭。亭上掛滿了花圈，有的用鮮花做的，有的用紙花做的。小坡納悶：這些圈兒是幹什麼的呢？花圈中間，有一張大相片，是個烏漆巴黑的癟嘴老太太。小坡又不明白了：這張相片和出葬有什麼關係呢？擺出來叫大家看？一點不好看哪！不明白，死人的事兒反正與活人不同，不用管，看著吧！

啊哈！更有趣了！七八十，至少七八十人，都是黑衣黑褲，光著腳。一人手中一條白布帶，拉著一輛老大老大的車。一個老印度駛車，可是這群人假裝往前拉。小坡笑起來了：假如老印度一犯壞主意，往前忽然一趕車，這群黑衣人豈不一串跌下去，正像那天我們開火車玩，跌在花園中一樣？那多麼有趣！小坡跺著腳，向老印度打手勢，低聲而懇切地說：「開呀！往前開呀！」老印度偏不使勁開。「這個老黑鳥！糊塗！不懂得事！」

車上紮著一座彩亭，亭中放著一個長方的東西，蓋著紅綢子，看不出到底是什麼。亭上還站著一對小孩，穿著彩衣，可是光著頭，晒得已經半死了。小坡心裡說：大概這兩個小孩就是死人，雖然還沒死，可是等走到野外，也就差不多了！多麼可憐！

車後面有四五個穿麻衣，麻帽，麻鞋的，全假裝往前推著汽車。他們全低著頭，可是確是彼此談笑著，好像這樣推車走很好玩似的。他們的麻衣和林老闆的夏布大衫一樣長，可是裡邊都是白帆布洋服。有一個年紀輕的，還繫著根紅領帶，從麻衣的圓大領上露出來。

這群人後面，汽車馬車可多了！一輛跟著一輛，一輛跟著一輛，簡直的沒有完啦！車中都坐著大姑娘，小媳婦，老太太，小妞兒，有的穿麻衣，有的穿西裝，有的梳高髻，有的剪著發，有的紅著眼圈，有的說說笑笑，有的吸著香煙，有的吃著瓜子，小妞兒是一律吃著洋糖，水果，路上都扔滿了果皮！喝！好不熱鬧！

小坡跟著走，忽然跑到前面看印度吹喇叭，忽然跑到後邊看小孩兒們跳鬼。越看越愛看，簡直的捨不得回學校了！回去吧？再看一會兒！該回去了？可是老印度又奏起樂來！

走著走著，心中一動，快到小坡了！哎呀，萬一叫父親看見，那還了得！父親一定在國貨店門外看熱鬧，一定！快往回跑吧！等等，等他們都走過去，「再向後轉走！」拿著芭蕉扇立在路旁，等一隊一隊都走過去，他才一步二回頭地往回走。

「到底沒看見死人在哪兒裝著！」他低著頭想：「不能藏在樂隊的車上！也不是那個老和尚！在哪兒呢？也許藏在開路大鬼的身裡？說不清！」

「無論怎樣吧，出殯的比什麼都熱鬧好玩。回家找南星們去，跟他們做出殯玩，真不錯！」

九　海岸上

設若有人說，小坡是個蹺課鬼兒，我便替小坡不答應他！什麼？蹺課鬼兒？哼，你以為小坡不懂得用功嗎？小坡每逢到考試的時候，總考得很好咧！再說，就是他蹺課的時候，他也沒做壞事呀！就拿他看出殯說吧，他往學校走的時候，便做了件別個小孩子不肯做的好事。那是這麼一檔子事：他不是正順著大馬路走吧，唉，一眼看見個老太太，提著一筐子東西，累得滿頭是汗，吁吁帶喘。小坡一看，登時走過去，沒說什麼，搶過筐子便頂在頭上了。

「在哪兒住哇，老太太？」

老太太一看小坡的樣兒，便知道他是個善心的孩子，喘著說：

「廣東學校旁邊。」

「好啦，跟著我走吧，老太太！」小坡頂著筐子，不用手扶，專憑脖子的微動，保持筐子的平穩。兩腳吧唧吧唧地慢慢走，因為老太太走道兒吃力，所以他不敢快走。

把老太太領到家門口——正在學校的旁邊，——小坡把筐子拿下來，交給老太太。

「我怎麼謝謝你呢？」老太太心中很不過意：「給你兩個銅子買糖吃？還是給你一包瓜子兒？」老太太的筐中有好幾包瓜子。

小坡手，腳，腦袋一齊搖，表示決定不要。老太太是很愛他，非給他點東西不可。

「這麼辦吧，老太太！」小坡想了一會兒，說：「不用給我東西，趕明兒我不留心把衣裳弄髒了的時候，我來請你給收拾收拾，省得回家招媽媽生氣，好不好？你要是上街買東西，看見了我，便叫我一聲，我好替你拿著筐子。我叫小坡，是媽媽由小坡的電線杆旁邊撿來的。妹妹叫仙坡，是白鬍子老仙送給媽媽的。南星很有力量，張禿子也很厲害，可是他們都怕我的腦袋！」小坡拍了拍後腦門：「媽媽說，我的頭能頂一千多斤！我的腦袋不怕別的，就怕三多家中糟老頭子的大煙袋鍋子！南星頭上還腫著呢！」

「哎！哎！夠了！夠了！」老太太笑著說：「我的記性不好，記不住這麼些事的。」

「不認識南星？老太太！」小坡問。

老太太搖了搖頭，然後說：「你叫小坡，是不是？好，我記住了。你去吧，小坡，謝謝你！」

小坡向老太太鞠躬，過於慌了，腦袋差點碰在牆上。

「老太太不認識南星，真奇怪！」小坡向學校裡走。

到了學校，先生正教國語教科書的一課——輪船。

看見小坡進來，先生假裝沒看見他。等他坐好，先生才問！

「小坡，上哪兒啦？」

「幫著老太太拿東西來著，她怪可憐的，拿著滿滿的一筐子東西！她要給我一包瓜子兒，我也沒要！」

「你不愛吃瓜子，為什麼不給我帶來？」張禿子說。

「少說話，張禿子！」先生喊。

「壞禿子！張禿子！」小英還懷恨著張禿子呢。

「不准出聲，小英！」先生喊，教鞭連敲講桌。

「聽著先生一個人嚷！」大家一齊說。

「氣死！哎呀，氣死！」先生不住搖頭，又吃了個粉筆頭兒。吃完，似乎又要睡去。

「小英，先生講什麼呢？」小坡問。

「輪船。張禿子！」小英始終沒忘了張禿子。

「輪船在哪兒呢？」小坡問

「書上呢。張禿子！」

小坡忙掀開書本，哎！只有一片黑字兒，連個輪船圖也沒有。他心裡說，講輪船不到碼頭去看，真有點傻！

「先——！我到碼頭上看看輪船去吧！」小坡向先生要求。

「先生——！我也去！」張禿子說。

「我也跟小坡去！不許張禿子去！」小英說。

「先生——！你帶我們大家去吧！」大家一齊喊。

先生不住地搖頭：「氣死！氣死！」

「海岸上好玩呀，先——！」小坡央告。

「氣死！」先生差不多要哭了。

「先生，那裡輪船很多呀！走哇！先生！」大家一齊央告。

「不准張禿子去呀，先生！」小英說。

「下午習字課不上了，誰愛看輪船去誰去！哎呀，氣死！現在好好地聽講！」先生說。

大家看先生這樣和善，允許他們到海岸去，立刻全一聲不發，安心聽講。

你們看小坡！喝！眉毛擰在一塊兒，眼睛盯著書本，像兩把小錐子，似乎要把教科書鑽兩個窟窿。鼻子也抽抽著一塊，好像鈔票上的花紋。嘴兒並得很嚴，上下牙咬著動，腮上微微地隨著動。兩耳好似掛著條橡皮筒兒，專接受先生的話，不聽別的，一手按著書角，一手不知不覺地有時在鼻下搓一陣，有時往下撕幾根眉毛，有時在空中寫個字。兩腳的十指在地上抓住，好像唯恐地板跑了似的。喝！可了不得！這樣一用心，好像在頭的旁邊又長出個新腦袋來。舊頭中的南星，三多，送殯，等等事故兒，在新頭中全沒有地位；新頭中只有字，畫，書。沒有別的，這個新頭一出來，心中便咚咚地跳：唯恐聽不清先生的話，唯恐記不牢書上的字。這樣提心吊膽的，直到聽見下堂的鈴聲，這個新頭才地一下，和舊頭聯成一氣，然後跳著到操場去玩耍。

下課回家吃飯。吃完，趕快又跑回學校來，腮上還掛著一個白米粒兒。同學們還都沒回來，他自己找先生去：

「先——，我到碼頭看輪船去了！」

「去吧，小坡！早點回來，別誤了上第二堂！」

「聽見了，先——！」小坡笑著跑出來。

碼頭離學校不遠，一會兒就跑到了。喝！真是好看！

海水真好看哪！你看，遠處是深藍色的，遠，遠，遠，遠，一直到一列小山的腳下，才卷起幾道銀線兒來，那一列小山兒是深綠的，可是當太陽被浮雲遮住的時候，它們便微微掛上一層紫色，下面綠，峰上微紅，正像一片綠葉托著幾個小玫瑰花蓇葖。同時，山下的藍水也罩上些玫瑰色兒，油汪汪的，紫溶溶的，把小船上的白帆也弄得有點發紅，好像小姑娘害羞時的臉蛋兒。

稍近，陽光由浮雲的邊上射出一把兒來，把海水照得碧綠，比新出來的柳葉還嬌，還嫩，還光滑。小風兒吹過，這片嬌綠便摺起幾道細碎而可憐兒的小白花。

再近一點，綠色更淺了，微微露出黃色來。

遠處，忽然深藍，忽然淺紫；近處，一塊兒嫩綠，一塊兒嬌黃；隨著太陽與浮雲的玩弄，換著顏色兒。世上可還有這樣好看的東西！

小燕兒們由淺綠的地方，飛，飛，飛，飛到深藍的地方去，在山前變成幾個小黑點兒，在空中舞弄著。

小白鷗兒們東飛一翅，西張一眼；又忽然停在空中，好像盤算著什麼事兒；又忽然一抿翅兒，往下一扎，從綠水上抓起一塊帶顏色的東西，不知道是什麼。

離岸近的地方，水還有點綠色；可是不細看，它是一片油糊糊的淺灰，小船兒來了，擠起一片浪來，打到堤下的黃石上，濺起許多白珠兒。嘩啦嘩啦的響聲也很好聽。

漁船全掛著帆，一個跟著一個，往山外邊搖，慢慢浮到山口外的大藍鏡面上去。近處的綠水上，一排的大木船下著錨，桅杆很高，齊齊地排好，好似一排軍人舉著長槍。還有幾排更小的船兒，一個挨著一個，艙背圓圓的，好像聯成一氣的許多小駱駝橋兒，又好像一群彎著腰兒的大黑貓。

小輪船兒，有的杏黃色，有的淺藍色，有的全黑，有的雜色，東一隻西一艘地停在那裡。有的正上貨，嘩啦，——嘩啦，嘩，——鶴頸機發出很脆亮的響聲。近處，嘩啦，嘩啦，嘩——；遠處，似乎由小山那邊來的，也嘩啦，嘩啦，嘩——，但是聲音很微細。船上有掛著一面旗的，有飄著一串各色旗的。煙筒上全冒著煙，有的黑嘟嘟的，有的只是一些白氣。

另有些小船，滿載著東西，向大船那邊搖。船上搖槳的有裹紅頭巾的印度，有戴大竹笠的中國人。還有些小摩托船嘟嘟地東來西往，好像些「無事忙」。

船太多了！大的小的，高的矮的，醜的俊的，長的短的。然而海中並不顯出狹窄的樣兒，全自自然然地停著，或是從容地開著，好像船越多海也越往大了漲。聲音也很多，笛聲，輪聲，起重機聲，人聲，水聲；然而並不覺得嘈雜刺耳；好似這片聲音都被平靜的海水給吸收了去，無論怎麼吵也吵不亂大海的莊嚴靜寂。

小坡立在岸上看了一會兒。雖然這是他常見的景物，可是再叫他看一千回，一萬回，他也看不膩。每回來到此處，他總想算一算船的數目，可是沒有一回算清過。一，二，三，四，五，……五十。哼，數亂了！再數：一五，一十，十五，十五加五是多少？不這樣幹了，用八來算吧！一八，二八十六，四八四十八，五八——！嗐！一輩子也記不清五八是多少！就算五八是一百吧，一百？光那些小船就得比一百還多！沒法算！

有一回，父親帶他坐了個小摩托船，繞了新加坡一圈兒。小坡總以為這些大船小船也都是繞新加坡一周的，不然，這裡哪能老有這麼多船呢；一定是早晨開船，繞著新加坡走，到晚上就又回到原處。

所以他和南星商議過多少次，才決定了：

「火車是跑直線的，輪船是繞圈兒的。」

「我要是能跳上隻小船去，然後，唏！再跳到一隻大船上去，在船上玩半天兒，多麼好！」小坡心裡說。說完，在海岸上，手向後伸，腿兒躬起，唏！跳出老遠。「行了，只要我能進了碼頭的大門，然後，唏！一定能跳上船去！一定！」他念念道道地往碼頭大門走。走到門口，小坡假裝看著別處，嘴裡哼唧的，「滿不在乎」似的往裡走。

哼！眼前擋住隻大黑毛手！小坡也沒看手的主人，——準知道是印度巡警！——大拇腳指頭一撚，便轉過身來，對自己說：「本不想進去嗎！這邊船小，咱到那邊看大的去！」他沿著海岸走，想到大碼頭去：「不近哪，來，跑！」心裡一想，腳上便加了勁，一直跑到大碼頭那邊。

哼！一，二，三，四，那麼些個大門全有巡警把著！

他背著手兒，低著頭，來回走了幾趟。偷眼一看，哼！巡警都看著他呢。

來了個馬來人，頭上頂著一筐子「紅毛丹」和香蕉什麼的。小坡知道馬來人是很懶的，於是走過去，給他行了個舉手禮，說：「我替你拿著筐子吧？先生！」

馬來人的嘴，咧開一點，露出幾個極白的牙來。沒說什麼，把筐子放在小坡的頭上。小坡得意揚揚，腳抬得很高，走進大門。小坡也不知為什麼，這樣白替人做工，總覺得分外的甜美有趣。

喝！好熱鬧！賣東西的真不少：穿紅裙的小印度，頂著各樣顏色很漂亮的果子。戴小黑盔兒的阿拉伯人提著小錢口袋，見人便問「換錢」？馬來人有的抱著幾匣呂宋煙，有的提著幾個大榴槤。地上還有些小攤兒，玩意兒，牙刷牙膏，花生米，大花絲巾，小銅鈕子……五光十色的很花哨。

小坡把筐子放下。馬來人把「紅毛丹」什麼的都擺在地上，在旁邊一蹲，也不吆喝，也不張羅，好似賣不賣沒什麼關係。

小坡細細地把地上的東西看了一番，他最愛一個馬來人擺著的一對大花蛤殼兒。有兩本郵票也很好玩，但是比蛤殼差多了。他心裡說：假如這些東西可以白拿，我一定拿那一對又有花點，又有小齒，又有彎彎扭扭的小兜的蛤殼！可惜，這些東西不能白拿！

等著吧，等長大了有錢，買十對八對的！幾兒才可以長大呢？……

啊！到底是這裡，輪船有多麼大呀！都是長，長，長的大三層樓似的玩意兒！看煙筒吧，比老樹還粗，比小塔兒還高！

一，二，三，四，……又數不過來了！

看靠岸這隻吧！人們上來下去，前後的起重機全嘩啦啦地響著，船旁的小圓窟窿還嘩嘩地往外流水，真好玩！哎呀，怎能上去看看呢？小坡想了一會兒，回去問那個馬來人：「我拿些『紅毛丹』上船裡賣去，好不好？」

馬來人搖了搖頭。

小坡嘆了口氣，回到大船的跳板旁邊去等機會。跳板旁有兩個人把著。這真難辦了！等著，只好等著！

不大一會兒，兩個人中走去了一個。小坡的黑眼珠裡似平開了兩朵小花，心裡說：「有希望！」慢慢往前湊合，手摸著鐵欄杆，嘴中哼唧著。那個人看了他一眼，他手摸著鐵欄，口中哼唧著又往回走；走了幾步，又往前湊。又假裝扶在鐵欄上，往下看海水：喝，還有小魚呢。又假裝抬起頭來看船：哼。大船一身都是眼睛，可笑！——他管艙房的小圓窗叫眼睛。他斜著眼看了看那個人，哼！紋絲兒不動，在那裡站著，好像就是給他一百個橘子，他也不肯躲開那裡！小坡真急了！非上去看看不可！

地上有塊橘子皮，小坡眼看著船身，一腳輕輕地推那塊皮，慢慢，慢慢，推到那個人的腳後邊。

「喝！可了不得！」小坡忽然用手指著天，撒腿就跑。

那個人不知是怎麼了，也仰著頭，跟著往前跑，他剛一跑，小坡手還指著天，又跑回來了。那個人，頭還是仰著，也趕緊往回跑。噗！——！他被橘子皮滑出老遠，然後老老實實地摔在地上。

小坡溜的一下，跑上跳板去。

到了船上，小坡趕快挺直了腰板，大大方方地往裡走。

船上的人們一看這樣體面的小孩，都以為他是新上來的旅客，也就不去管他。

你看，小坡心裡這個痛快！

喲！船上原來和家裡一樣啊！一間一間的小白屋子，有床，有風扇，有臉盆架兒。在水上住家，這夠多麼有意思呢！等著，長大了我也蓋這麼一所房子，父親要打我的時候，咦，我就到水房子裡住幾天來！還有飯廳呢！地上鋪著地毯，四面都有大鏡子！照著鏡子吃飯，看著自己的嘴一張一閉，也好玩！還有理髮所呢！在海上剪剪髮，然後跳到海中洗洗頭，豈不痛快！洗完了頭，跑到飯廳吃點咖哩雞什麼的，真自在呀！

小坡一間一間地看，一直看到後面的休息室。這裡還有鋼琴呢！有幾個老太太正在那裡寫字。啊，這大概是船上的學校，趕緊躲開她們，抓住我叫我寫字，可不好受！

轉過去，已到船尾。哈，看這間小屋子喲！裡面還有大輪子，小棍兒的，咚咚的直響。水房子上帶工廠，可笑！我要是蓋水房子呀，一定不要工廠：頂好在那兒挖個窟窿，一直通到海面上，沒事兒在那裡釣魚玩，倒不錯！

小屋的旁邊有個小窄鐵梯，上去看看。上面原來還有一層樓呢。兩旁也都是小屋子，又有一個飯廳……回去告訴南星，他沒看見過這些東西。趕明兒他一提火車，我便說水屋子！

看那個鐵玩意兒，在空中忽忽悠悠地往起拉大木箱，大麻口袋。看這群人們這個嚷勁！不知道拉這些東西幹什麼，但是也很有趣味！

扶在欄杆上看看吧。

遠處的小山，下面的海水，看著更美了，比在岸上看美的多！開了一隻船，悶——悶！汽笛兒叫著。船上的人好像都向他搖手兒呢，他也向他們搖手。看船尾巴拉著那一溜白水浪兒，多麼好看！——看那群白鳥跟著船飛，多麼有意思！

正看得高興，背上來了隻大手，抓住他的小褂。小坡歪頭一看，得！看跳板的那個傢伙！那個人一聲沒發，抓起小坡便走；小坡也一聲不發，腳在空中飄搖著，也頗有意味。

下了跳板，那個人一鬆手，小坡摔了個「芥末蹲」兒。

「謝謝你啊！」小坡回著頭兒說。

十　生日

星期日，小坡早晨起來稍微晚一點。一睜眼，有趣，蚊帳上落著個大花蛾子。他輕輕掀起帳子，蛾子也沒飛去。「蛾子，你還睡哪？天不早啦！」蛾子的絨須兒微微動了動，似乎是說：「我還得睡一會兒呢！」

妹妹仙坡還睡得很香甜，一隻小胖腳在花毯邊上露著，五個腳指伸伸著，好似一排短圓的花瓣兒。有個血點紅的小蜻蜓正在她的小瓣兒上落著。小坡掀起帳子看了看妹妹，沒敢驚動她，只低聲地說：「小蜻蜓，你把咬妹妹的蚊子都吃了吧？謝謝你呀！」

他去沖涼洗臉。

沖涼回來，妹妹還睡呢。他找來石板石筆，想畫些圖兒，等妹妹醒了給她看。畫什麼呢？畫小兔吧？不！回回畫小兔，未免太貧了。畫妹妹的腳？對！他拿著石板，一眼斜了妹妹的腳，一眼看著石板，照貓畫虎的畫。畫完了，細細地和真腳比了一比；不行，趕快擦去吧！叫妹妹看見，她非生氣不可。鬧了歸齊，只畫上四個腳指！再補上一個吧，就非添在腳外邊不可，因為四個已經占滿了地方。

還是畫小兔吧，到底有點拿手。把腳擦去，坐在床沿上，聚精會神地畫。畫了又擦，擦了再畫，出了一鼻子汗，才畫成一隻小兔的偏身。兩個耳朵像一對小棒槌，一個圓身子，兩條短腿兒，一個小嘴，全行了；但是只有一隻眼睛，可怎麼辦呢？要是只畫小兔的前臉嗎，當然可以像寫「小」字似的，畫出一個鼻子兩隻眼。可是這樣怎麼畫兔身子呢？小兔又不是小人，可以在臉下畫身子，胳臂，腿兒。沒有法子，只好畫偏身吧，雖然短著一隻眼睛，到底有身子什麼的呀！

他抱著石板，想了半天，啊，有主意了！在石板的那邊畫上一隻眼，豈不是湊成兩隻！對！於是將石板翻過來，畫上一隻眼，很圓，頗像個小圓糖豆兒。

畫完了，把石板放在地板上，自己趴下學兔兒：東聞一聞，西跳一跳，又用手前後的拉耳朵，因為兔耳是會動彈的。跳著跳著把妹妹跳醒了。

「幹什麼呢，二哥？」仙坡掀起帳子問。

「別叫我二哥了，我已經變成一個小兔！看我的耳朵，會動！」他用手撥弄著耳朵。

「來，我也當兔兒！」仙坡光著腳下了床。

「仙！兔兒有幾隻眼睛？」

「兩隻。」仙坡蹲在地上，開始學兔兒。

「來，看這個。」小坡把石板拿起來，給妹妹看：「像不像？」仙坡點頭說：

「真像！」

「再看，細細地看。」他希望妹妹能挑出錯兒來。

「真像！」仙坡又重複了一句。

「幾隻眼？」

「一隻」

「小兔有一隻眼睛行不行？」他很得意地問。

「行！」

「為什麼？」小坡心裡說：「妹妹有點糊塗！」

「三多家裡的老貓就是一隻眼，怎麼不行？」

「不行！貓也都應當有兩隻眼，一隻眼的貓不算貓，算——」小坡一時想不起到底算什麼。

幸而仙坡沒往下問，她說：「非有兩隻不行嗎，為什麼你畫了一隻？」

「一隻？誰說的？我畫了兩隻！」
「兩隻！那一隻在哪兒呢？」
「這兒呢！」小坡把石板一翻過兒，果然還有一隻圓眼，像個小圓糖豆兒。
「喲！可不是嗎！」仙坡樂得把手插在腰間，開始跳舞。
小坡得意非常，又在石板上畫了隻圓眼，說：「仙，這只是給三多家老貓預備的。趕明兒三多一說他的老貓短著眼睛，咱們就告訴他，還有一隻呢！他一定問，在哪兒呢？咱們就說，在石板上呢。好不好？」
「好！」仙坡停止了跳舞：「趕明兒我拿著石板找老貓去。見了它，我就說，我就說……」她想了一會兒：「瞎貓來了呀！」
「別叫它瞎貓，它不愛聽！」小坡忙插嘴，「這麼說，貓先生來呀？」
「對了，我就說，貓先生來呀！沒有給你帶來了吃的，只帶來一隻眼睛，你看合適不合適？」
「別問它，石板上的眼睛也許太大一點！」小坡說。
仙坡拿起石板，比劃著說：「請過來呀，瞎——呸，貓先生！它一過來，我就把石板放在它的臉前面。聽著！呼——的一聲，這隻眼便跳上老貓臉上去，老貓從此就有兩隻眼，你看它喜歡不喜歡！」

「也不一定！」小坡想了想：「萬一老貓嫌有兩隻眼太費事呢？你看，仙，有一個眼也不壞，睡覺的時候，只閉一隻，醒了的時候，只睜一隻，多麼省事！尤其是看萬花筒的時候，不用費事閉上一隻，是不是？」

「也對！」仙坡說，並沒有明白小坡的意思。

「吃粥來——！」媽媽的聲音。

「仙還沒洗臉呢！」小坡回答。

「快去洗！」媽媽說。

「快來，仙！快著！」小坡背起妹妹，去幫著她洗臉。

洗了臉回來，父親母親哥哥都已坐好，等著他們呢。

小坡仙坡也坐下，母親給大家盛粥。

小坡剛要端碗，母親說了：

「先給父親磕頭吧！」

「為什麼呢？」小坡問。

「今天是你的生日，傻子！」媽媽說。

「鞠躬行不行？」

「不行！」媽媽笑著說。

「過新年的時候，不是大家鞠躬嗎？」小坡問妹妹。妹妹看了父親一眼。

「非磕頭不可呀！新年是新年。生日是生日！養活你們這麼大，不給爸爸磕頭？好！磕！沒話可說！」父親說，微微帶著笑意。

小坡不敢違背父親的命令，跪在地上，問：「磕幾個呢？」

「四八四十八個。」仙坡說。

「磕三個吧。」媽媽說。

小坡給父親磕完，剛要起來，父親說：

「不用起來，給媽媽磕！」

小坡又給母親磕了三個頭，剛要起來，哥哥說：

「還有我呢！」

小坡假裝沒聽見，站起來，對哥哥說：

「你要是叫我看看你的圖畫，我就給你磕！」

「偏不給你看！愛磕不磕！」哥哥說。

小坡不再答理哥哥，回頭對妹妹說：

「仙，該給你磕了！」說著便又跪下了。

「不要給妹妹行大禮，小坡！」媽媽笑了，父親也笑了。

「非磕不行，我愛妹妹！」

「來，我也磕！」仙坡也忙著跪在地上。

「咱們倆一齊磕，來，一，二，三！」小坡高聲地喊。

兩個磕起來了，越磕越高興：「再來一個！」「哎，再來一個！」隨磕隨往前湊，兩個的腦門頂在一處，就手兒頂起牛兒來，小坡沒有使勁，已經把妹妹頂出老遠去。

「好啦！好啦！快起來吃粥！」媽媽說。

兩個立起來，媽媽給他們擦了手，大家一同吃粥。平日的規矩是：粥隨便喝，油條是一人一根，不准多拿。今天是小坡的生日，油條也隨便吃，而且有四碟小菜。小坡不記得吃了幾根油條，心裡說：多咱把盤子吃光，多咱完事！可是，忽然想起來：還得給陳媽留兩條呢。二喜也許要吃呢！於是對哥哥說：

「不要吃了，得給陳媽留點兒。」

父親聽小坡這樣說，笑了笑，說：「這才是好孩子！」

小坡聽父親誇獎他，非常高興，說：「父親，帶我們到植物園看猴子去吧！」

哥哥也說：「下午去看電影吧！」

妹妹也說：「現在去看猴子，下午去看——」她說不上「電影」來，因為沒有看過。

父親今天不知為什麼這樣喜歡，全答應了他們：「快去換衣裳，趁著早晨涼快，好上植物園去，仙坡，快去梳小辮兒。」

大家慌著忙著全去預備。

哥哥和小坡全穿上白制服，戴上童子軍帽，還都穿上皮鞋。妹妹穿了一身淺綠綢衣褲，沒穿襪子，穿一雙小花鞋。兩條辮兒梳得很光，還戴著一朵大紅鮮花。

坐了一截車，走了一截，他們遠遠望見綠叢叢一片，已是植物園。

「園中的花木沒有一棵好看的，就是好看吧，誰又有工夫去看呢！」小坡這樣想，「破棕樹葉子！破紅花兒！猴子在哪兒呢？」越找不到猴，越覺得四面的花草不順眼。「猴子！出來呀！」

「我看見了一條小尾巴！」仙坡說。

「哪兒呢？」

「在椰子樹上繞著呢！」

「哎喲！可不是嗎！一個小猴，在椰子下面藏著哪！小猴——！小猴——！快來吃花生！」

哥哥拿著許多香蕉，妹妹有一口袋花生，都是預備給猴子吃的。

三個人，把父親落在後邊，一直跑下去。

一片密樹林，小樹擠著老樹，老樹帶著藤蔓。小細檳榔樹沒地方伸展葉子，拼命往高處鑽，腰裡掛著一串檳榔，腳下圍著無數的小綠棵子。密密匝匝，枝兒搭著枝兒，葉子挨著葉子涼颼颼地搖成一片綠霧。蟲兒不住吱吱地叫，叫得那麼怪好聽的。

哈哈，原來這兒是猴子的家呀！看樹幹上，樹枝上，葉兒底下，全藏著個小猴！喝！有深黃的，有淺灰的，有大的，有小的，有不大不小的，全鬼頭魔兒眼的，又淘氣，又可愛。頂可愛的是母猴兒抱著一點點的小猴子，整跟老太太抱小孩兒一樣。深灰色的小毛猴真好玩，小圓腦袋左右搖動，小手兒摸摸這裡，抓抓那裡，沒事兒瞎忙。當母猴在樹上跳，或在地上走的時候，小猴就用四條腿抱住母親的腰，小圓頭頂住母親的胸口，緊緊地抱住，唯恐掉下來。真有意思！

妹妹往地上撒了一把落花生。喝，東南西北，樹上樹下，全嘔嘔地亂叫，來了，來了，一五，一十，一百……數不過來。有的搶著一個花生，登時坐下就吃，吃得香甜有味，小白牙咯哧咯哧咬得又快又好笑。有的搶著一個，登時上了樹，坐在樹杈上，安安穩穩地享受。有的搶不著，例撅著尾巴向別人搶，引起不少的小戰爭。

大坡是專挑大猴子給香蕉吃。仙坡是專送深黃色的喂花生，父親坐在草地上看著，嘻嘻地笑。小坡可忙了，前後左右亂跳，幫著小猴兒搶花生。大猴子一過來對弱小的示威，小坡便跑過去：「你敢！不要臉！」大猴子急了，直向小坡齜牙，小坡也怒了：「你來，跟你幹幹！張禿子都怕我的臉袋，不用說你這猴兒頭了！」一個頂小的猴兒，搶不著東西，坐在一旁要哭似的。小坡過去由哥哥手裡奪過一隻香蕉：「來！小猴兒，別哭啊！就在這兒吃吧，省得叫別人搶了去！」小猴子雙手抱著香蕉，一口一口地吃，吃得真香；小坡的嘴也直冒甜水兒！

大猴子真怕了小坡，躲他老遠，不敢過來。有的竟自一生氣，抓著一個樹枝，三悠兩擺到樹枝上坐著生氣去了。有的把尾巴卷在樹上，頭兒倒懸，來個珍珠倒捲簾。然後由樹上溜下來。

花生香蕉都沒啦。又來了一群小孩，全拿著吃食來喂他們。又來了兩輛汽車，也都停住，往外扔果子。

小坡們都去坐在父親旁邊看著，越看越有趣，好像再看十天八天的也不膩煩！

有些小猴似乎是吃飽了，退在空地方，彼此打著玩。你咬我的耳朵，我抓你的尾巴，打得滿地亂滾。有時候，一個遮住眼，一個偷偷地從後面來抓。遮眼的更鬼道，忽然一回身，把後面的小猴，一下捏在地上。然後又去遮上眼，等著……

有的一群小猴在一條樹枝上打秋千，掄，掄，掄，把梢頭上的那個掄下去。他趕快又上了樹，又掄，把別人掄下去。

有的老猴兒，似乎不屑於和大家爭吵，穩穩當當的，禿眉紅眼的，坐在樹幹上，抓抓脖子，看看手指，神氣非常老到。

「該走了！」父親說。

沒人答應。

又來了一群小孩，也全拿著吃食，猴子似乎也更多了，不知道由哪兒來的，越聚越多，也越好看。

「該走了！」父親又說。
沒人應聲。
待了一會兒，小坡說：「仙，看那個沒有尾巴的，折跟頭玩呢！」
「喲！他怎麼沒有尾巴呢？」
「叫理髮館裡的夥計剪了去啦！」哥哥說。
「嘔！」小坡仙坡一齊說。
「該走了！」父親把這句話說到十多回了。
大家沒言語，可是都立起來，又立著看了半天。
「該走了！」父親說完，便走下去。
大家戀戀不捨地一邊走，一邊回頭看。
到花室，蘭花開得正好。小坡說，蘭花沒有小猴那麼好看。到河邊，子午蓮，紅的，白的，開得非常美麗。仙坡說，可惜河岸上沒有小猴！到棕園，小坡看著大棕葉，叫：小猴兒別藏著了，快下來吧！叫了半天，原來這裡並沒有猴子！他嘆了一口氣！
午飯前，到了家中。小坡顧不得脫衣服，一直跑到廚房，把猴兒的事情情全告訴了媽媽。媽媽好像一輩子沒看過猴子，點頭咂嘴地聽著。告訴完了媽媽，又和陳媽說了一遍。陳媽似乎和猴兒一點好感沒有，只顧切菜，不好好地聽著。於是小坡只好再告訴媽媽一遍。

仙坡也來了，她請求媽媽去抱一個小猴來。

媽媽說，仙坡小時候和小猴兒一樣。仙坡聽了非常得意。小坡連忙問媽媽，他小時候像猴兒不像。

媽媽說，小坡到如今還有點猴氣。小坡也非常得意。

十一　電影園中

吃過午飯，小坡到媽媽屋中去問：「媽！明天還是生日不是呀？」

媽媽正在床上躺著休息，她閉著眼說：「哪有的事！一年只有一個生日。」

「嘔！」小坡有點不痛快：「不許有兩個，三個，一百個生日？」

「天天吃好東西，看猴子，敢情自在！」媽媽笑著說。

「媽媽你也有生日，是不是？」

「人人有。」

「你愛哪一天過生日呢？」

「我愛哪一天不行啊，生日是有一定的。」

「誰給定的呢？父親？」小坡問。

「生日就是生下來的那一天，比如仙坡是五月一號生的吧，每到五月一號我們就給她慶賀生日，明白不明白？」

「妹妹不是白鬍子老仙送來的嗎？」

「是呀，五月一號送來的，所以就算是她的生日。」

「嘔！我可得記住：比如明天桌椅鋪給咱們送張桌子來，到明年的明天，便是桌子的生日，是這麼說不是？媽！」

媽媽笑著說：「對了！」

「啊，到桌子生日那天，我就扛著他去看猴子！」

「桌子沒有眼睛啊？」媽媽說。

「拿粉筆圓圓的畫兩隻呀！媽，猴子也有生日？」

「自然哪，」媽媽說，「有一個小孩過生日的時候，小猴兒之中也必有過生日的，所以小孩過生日，一定要拿些東西去給猴子慶賀。」

「可是，媽！那裡這麼多猴子，怎能知道是哪個的生日呢？」

「不用管是哪個的，反正其中必有一個今天過生日。你過生日吧？哥哥妹妹全跟著吃好東西，猴子也是這樣，一個過生日，大家隨著歡喜。這個道理好不好？」媽媽很高興地問。

「好！真好！」小坡拍著手說，「媽，回來父親要帶我們去看什麼？」

「看電影。」

「電影是什麼玩意兒呢？」

「到電影園就知道了。」

「那裡也有猴子？」小坡心目中的電影園是：是幾根電線杆，上面有小猴。

「沒有。」媽媽似乎要睡覺。

小坡還有許多問題要問，一看媽媽困了，趕快走出去，然後又輕輕走回來，把手在媽媽的眼前擺了一擺，試試媽媽是否真睡了；媽媽不願說話的時候，常常假裝睡覺。

「啊，媽媽是真困了！趕快走吧！」他低聲地說。

哼！媽媽閉著眼笑了！

「啊！媽媽你又冤我呢！不行！不答應你！你個小媽媽！」小坡說著，把頭頂在她的胸口上，「媽，小猴兒頂你來了，頂！頂！頂！」

「小坡好好的！媽媽真困了！」媽媽睜開眼說，「快去，找仙坡去！別惹媽媽生氣！」

「走嘍！找妹妹去嘍！」小坡跑出去，「仙！仙！你在哪兒！仙——！」

「別嚷！」父親的聲音。

小坡趕緊放輕了腳步，手遮著嘴，恐怕出氣兒聲音大點，叫父親聽見，又要挨說了。

快走到街門，門後忽然「咚」！嚇了他一大跳。一看，原來是妹妹抱著二喜在門後埋伏著呢。

「好你個壞姑娘，壞仙坡，嚇死我！好你個二喜，跟妹妹玩，不找我去！」小坡叨嘮了一陣。

「二哥，父親說了四點鐘去看電影。」

「四點？現在什麼時候了？看看吧！」小坡把手腕一橫，看了一眼：「十三點半了！還有三刻就到四點。」說完，他假裝在手腕旁撚了撚，作為是上弦。然後把手腕放在耳旁聽了聽：「哼！太快了，咯噔咯噔一勁兒響！仙，你的表什麼時候了？」

仙坡學著父親掏金表的模樣兒，從小袋中把二喜的腳掏出來，看了看：「三刻！」

「幾點三刻？」小坡問。

「就是三刻！」

「你的表一定是站住了，該上弦啦！」他過去在二喜的腳旁撚了幾撚。二喜以為這是撚它玩呢，小圓眼兒當中的一條小黑道兒隨著小坡的手轉，小腳兒團團著要抓他。

他們和二喜玩了半天，小坡忽然說：「到四點吧？」忙著跑去看父親，父親正睡覺呢。回來又玩了一會兒，又說：「到四點了吧？」跑去看父親，哼，還睡覺呢！跑了幾次，父親醒了，可是說：「還早呢！」簡直地永遠到不了四點啦！一連氣問了四五次，父親老說：還早呢！

哎呀可到了四點！

原來電影園就離家裡不遠呀！小坡天天上學，從那裡過，但是他總以為那是個大禮拜堂。到了，父親在個小窗戶洞外買了票。有趣！電影園賣票的和二喜一樣，愛鑽小洞兒。

父親領著他們上了一層樓。喝！怎麼這些椅子呀！哪個桌椅鋪也沒有這些椅子！可是沒有桌子，奇怪！大堂裡很黑，只在四角上有幾支小紅燈。臺上什麼也沒有，只掛著一塊大繡花帳子，帳子後面必有好玩意兒！小坡心裡說：這就是電影吧，看，四下全是黑的嗎。

他們坐好，慢慢地人多起來，可是堂中還是那麼黑，除了人聲嘁嘁嘈嘈的，沒有別的動靜。

來了個賣糖的，仙坡伸手便拿了四包。父親也沒說什麼，給了錢，便吃開了。小坡一邊吃糖，一邊想：「趕明年過生日，叫父親給買個大汽車，他一定給我買！過生日的時候，父親是最和氣的！」

人更多了。臺上的繡花帳子慢慢自己卷起，露出一塊四方的白布，雪白，連個黑點也沒有。小坡心裡說：這大概是演完了吧？忽然，叮兒噹兒打起鋼琴，也看不見琴在哪兒呢。當然看不見，演電影叫，自然都是影兒。一個人影打一個鋼琴影，對，一定是這麼回事。

電燈忽然一亮，把人們的腦袋照得像一排一排的光圓球。忽然又滅了，堂中比從前更黑了。

樓上嗒嗒嗒地響起來，射出一條白光，好像海岸上的燈塔。喝，白布上出來個大獅子，直張嘴兒。下面全是洋字，哎呀，獅子念洋字，一定是獅子了。洋獅子忽然沒了，又出來一片洋字。字忽然又沒了，出來一個大人頭，比牛車輪還大，戴著一對汽車輪大小的眼鏡。眼毛比手指還粗，兩個眼珠像一對兒皮球，滴溜滴溜地亂轉。

「仙！看哪！」仙坡只顧了吃糖，什麼也沒看見。
「喲！我害怕！」她忽然看見那個大腦袋。
「不用害怕，那是鬼子腦袋！」父親說。
忽然，大腦袋沒有了。出來一群人，全戴著草帽，穿著洋服，在街上走。衣服沒有顏色，街上的鋪子，車馬，也全不是白的，便是黑的。大概全穿著孝呢？而且老有一條條的黑道兒，似乎是下雨了，可是人們全沒打傘。對了，電影中的雨。當然也是影兒，可以不打傘的。
來了輛汽車，一直從臺上跑奔樓上來！
喝，越跑，越大，越近！
小坡和仙坡全抱起頭來，往下面藏。
哼！什麼事兒也沒有。抬頭一看，那輛汽車跑得飛快，把那群人撞倒，從他們的脊背上跑過去了。樓上樓下的人都笑了。小坡想了想，也覺得可笑。
汽車站住了，下來一個人，父親說，這就是剛才那個大腦袋。小坡也認不清，但是看出來。這個人確乎也戴著眼鏡。下了車，剛一邁步，摔了個腳朝天，好笑！站起來了，又跌了個嘴啃地，好笑！小坡笑得喘不過氣來了！

「二哥，你笑什麼呢？」仙坡問。

「摔跟頭的，看著呀！」小坡立起來，向臺上喊，「再摔一個，給妹妹看！」

這一喊，招得全堂都笑了。

連汽車帶摔跟頭的忽然又都沒有了。又出來一片洋字，糟糕！幸而：

「仙，快看！出來個大姑娘！」

「哪兒哪？喲！可不是嗎，多麼美呀！還抱著個小狗兒！」

戴眼鏡的又鑽出來了，喝！好不害羞，抱著那個大姑娘親嘴呢！羞！羞！小坡用手指撥臉蛋。仙坡也說：羞！羞！

好了！後面來了個人，把戴眼鏡的抓住，提起多高，啷！摔在地上！該！誰叫你不害羞呢！該！那個人拉著大姑娘就跑，跑得真快，一會兒就跑得看不見了。戴眼鏡的爬起來，拐著腿就追；一邊跑一邊摔跟頭，真可笑！

又出來一片洋字，討厭！

可了不得！出來隻大老虎！

「四眼虎！」仙坡趕快遮上眼睛。

老虎抓住了戴眼鏡的，喝，看他嚇得那個樣子！混身亂抖，頭髮一根一根地立起來，像一把兒捧兒香。草帽隨著頭髮一起一落，真是可笑。

看哪！戴眼鏡的忽然強硬起來，回手給了老虎一個大嘴巴子！喝，打得老虎直咧嘴！小坡嚷起來：再打！果然那個人更橫起來，跟老虎打成一團。打得草帽也飛了，眼鏡也飛了，衣裳撕成破蝴蝶似的。還打，一點不退步！好朋友！

小坡握著拳頭往自己腿上捶，還直跺腳。壞了！老虎把那個人壓在底下！小坡心裡咚咚地直跳，恨不能登時上去，砸老虎一頓好的！那個人更有主意，用手一捏鼻子，老虎立刻抿著耳朵，夾著尾巴，就跑了。

「仙！四眼虎怕咱們捏鼻子！」他和妹全捏住鼻子，果然老虎越跑越遠，不敢回頭。

大姑娘又回來了，還抱著小狗。那個人把眼鏡撿起來，戴上。一手拿著破草帽，一手按在胸前，給她跪下來。

「二哥！」仙坡說，「今天是戴眼鏡的生日，看他給大姑娘磕頭呢！」

又親嘴了，羞！羞！羞！後面有人放了槍，把草帽兒打飛了！呼！燈全亮，臺上依然是一塊白布，什麼也沒有了！

小坡嘆了口氣。

「父親，那些人都上哪兒啦？」仙坡問。

「回家吃飯去了。」父親笑著說。

小坡剛要問父親一些事，燈忽然又滅了，頭上那條白光又射在白帳上。洋字，洋字，一所房子，洋字，房子裡面，人，老頭兒，老太太，年輕的男女，洋字，又一所房子，又一群人。大家的嘴唇亂動，洋字！

好沒意思！也不摔，也不打，也不跑汽車，也不打老虎！只是嘴兒亂動，幹什麼呢？

一片海，洋字；一座山，洋字；人們的嘴亂動，洋字！

「父親，」小坡拉了父親一把，「他們怎不打架啦？」

「換了片子啦，這是另一齣了！」

「哦！」小坡不明白，也不敢細問，只好轉告訴妹妹，「仙，換了片子啦！」

妹妹似乎要睡覺。

「妹妹要睡，父親！」

「仙坡，別睡啊！」父親說。

「沒睡！」仙坡低聲地說，眼睛閉著，頭往一旁歪歪著。

房子，人，洋字，房子，人，洋字！

「父親，那戴眼鏡的不來啦？」

「換了片子啦，他怎能還來呢？」

「哦！」小坡說，「這群人不愛打架？」

「哪能總打架呢！」

「哦！」

小坡心裡說：我也該睡會兒啦！

十二　滑拉巴唧

小坡，仙坡的晚飯差不多是閉著眼吃的。看猴子，逛植物園，看電影，來回走路，和一切的勞神，已經把他們累得不成樣兒了。

吃過晚飯，小坡還強打精神告訴母親：「大腦袋」怎麼轉眼珠，怎麼捏鼻子嚇跑四眼虎。說著說著，眼皮像小金魚的嘴，慢慢地一張一閉，心中有些發迷糊。脖子也有些發軟，腦袋左右地直往下垂。媽媽一手拉著小坡，一手拉著仙坡，把他們兩個小瞎子送到臥室去。他們好似剛一撒媽媽的手，就全睡著了。

睡覺是多麼香甜的事兒呀！白天的時候，時時刻刻要守規矩；站著有站著的樣子，坐著有坐著的姿勢，一點兒也不自由。你不能走路的時候把手放在頭上，也不能坐著的時候把腳放在桌子上面。就是有意拿個「大頂」，耍個「猴兒啃桃」什麼的，也非到背靜的地方去不可！誰敢在父親眼前，或是教室裡，用腦袋站一會兒，或是用手走幾步「蠍子爬」？只有睡覺的時候才真有點自由。四處黑洞洞的，沒有人來看著你。你願把手枕在頭下也好，願把兩腿伸成個八字也好，彎著腰兒也好，張著嘴兒也好，睡的時候你才真是自己的主人，你的小床便是王宮，沒人敢來搗麻煩。

況且頂有意思的是隨便做些小夢玩玩，誰能攔住你做夢？先生可以告訴你不要這麼著，不要那麼著，可是他能說，睡覺的時候不要做夢？父親可以告訴你，吃飯要慢慢的，喝茶不要唏溜唏溜地響，可是他能告訴你要一定怎樣做夢嗎？只有在夢裡，人們才得到真正的自由：白天裡不敢去惹三多的糟老頭子，哼！在夢中便頗可以奪過大煙袋，在他帶皺紋的腦門上鑿兩三個（四五個也可以，假如你高興打）大青包。

做夢吧！小朋友們！在夢裡你可以長上小翅膀，和蜻蜓一樣地飛上飛下。你可以到海裡看鯨魚們怎樣遊戲。多麼有趣！多麼有趣！

請要記住：每逢看見人家睡覺的時候，你要千萬把腳步放輕，你要小聲地說話，簡直地不出聲兒更好。千萬不要把人家吵醒啊！把人家的好夢打斷是多麼殘忍的事呀！人家正在夢中和小蝴蝶們一塊兒飛呢，好，你一嚷，把人家驚醒，人家要多麼不痛快呢！

來！我挨在你的耳朵上輕輕告訴你：小坡睡著了，要做個頂好玩的夢。我自己也去睡，好看看小坡在夢中做些什麼可笑的事兒。

小坡正跪在電影園中的戲臺上，想主意呢。還是把白帳子弄個窟窿，爬進去呢？還是把帳子卷起來，看看後面到底有什麼東西呢？還是等著帳子後面的人出來，給他們開個小門，請他進去參加呢？

忽然「大腦袋」來了，向小坡轉眼珠兒，小坡也向他轉眼珠兒，轉得非常的快。他向小坡搖頭兒，小坡也趕快搖頭兒。他張了張嘴，小坡也忙著張嘴。「大腦袋」笑了。啊，原來這轉眼珠，搖頭，張嘴，是影兒國的見面禮。他們這樣行禮，你要是不還禮，可就壞了。你不還禮，他們就一定生氣！他們一生氣可不得了：不是將身一晃，跑得無影無蹤，再也不和你一塊兒玩；便是嘴唇一動，出來一片洋字，叫你越看越糊塗！幸而小坡還了禮，「大腦袋」笑了笑，就說：

「出來吧！」

「你應當說，進去吧！」小坡透著很精明的樣兒說。

「沒有人不從那邊出來，而能進到這裡來的，糊塗！」「大腦袋」的神氣很驕慢，說話一點也不客氣。

小坡因要進去的心切，只好咽了口氣，便往白帳子底下鑽。

「別那麼著！你當我們影兒國的國民都是老鼠嗎，鑽窟窿？」「大腦袋」冷笑著說。

小坡也有點生氣了：「我沒說你們是老鼠呀！你不告訴我，我怎麼會知道怎樣進去！」

「碰，往帳子上碰！不要緊，碰壞了帳子算我的事兒！」

「碰壞了帳子倒是小事，碰在你的頭上，你可受不了！你大概知道小坡腦袋的厲害吧？」小坡說。

「嘔！」「大腦袋」翻了翻眼，似乎是承認：自己的頭是大而不結實。可是他還很堅強地說：「我試試！」

「好吧！」小坡說完，立起來，往後退了兩步，往前碰了上去，哼！輕忽忽地好似碰在一片大蘑菇上，大腦袋完全碎了，一點跡渣沒剩，只是空中飛著些白灰兒。「怎樣告訴你來著？我說我的頭厲害，你偏不信，看看！」小坡很後悔這樣把大腦袋碰碎。

忽然一回頭，哈！「大腦袋」——頭已經不大了——戴著眼鏡，草帽，在小坡身後站著笑呢！

「真有你的！真有你的！你個會鬧鬼兒的大腦袋！」小坡指著他說，心中非常愛惜他。「你叫什麼呀？大腦袋！」

「我？等等，我看一看！」「大腦袋」把草帽摘下來，看了看裡面的皮圈兒：「啊，有了，我叫滑拉巴唧。」

「什麼？」

「滑拉巴唧！」

「里嚕行不行？」小坡問。

滑拉巴唧想了一會兒，說：「行是行的，不過這頂帽子印著『滑拉巴唧』，我就得叫滑拉巴唧。等買新帽子時再改吧！」

「那麼，你沒有準姓呀？」小坡笑著問。

「影兒國的國民都沒有準姓。」

「嘔！嘔！」小坡看著滑拉巴唧，希望問他的名字，他好把為什麼叫「小坡」的故事說一遍。

滑拉巴唧把帽子戴上，一聲也沒出。

小坡等不得了，說：「你怎麼不問我叫什麼呢？」

「不用問，你沒戴著帽子，怎會有名字！」

「喲！你們敢情拿帽子裡面印著的字當名字呀？」

「怎麼，不許呀？！」

「我沒說不許呀！我叫小坡。」

「誰問你呢！我說，我的帽子呢？」

小坡哈哈地笑起來了。他初和滑拉巴唧見面的時候，他很想規規矩矩地說話行事；繼而一看啃滑拉巴唧是這麼一種眼睛看東，心裡想西，似乎明白，又好像糊塗的人，他不由地隨便起來；好在滑拉巴唧也不多心。

滑拉巴唧原來就是這麼樣的人：兩眼笑眯眯的，鼻子又很直很高，透著很鄭重。胳臂腿兒很靈活，可又動不動便捽個嘴啃地。衣裳帽子都很講究，可是又瘦又小緊巴巴地貼在身上，看著那麼怪難過的，他似乎很精明，可又有時候「心不在焉」：手裡拿著手絹，而口中叨嘮著，又把手絹丟了！及至發覺了手絹在手中，便問人家：昨天下雨來著沒有？

小坡笑了半天，滑拉巴唧想起來了：帽子在頭上戴著呢，趕緊說：「不要這樣大聲地笑！你不知道這是在影兒國嗎？我們說話，笑，都不許出聲兒的！嘿嘍！你腰中圍著的是什麼玩意兒呀？」

「這個呀？」小坡指著他那塊紅綢寶貝說，「我的寶貝。有它我便可以隨意變成各樣的人。」

「趕快扔了去，我們這裡的人隨意變化，用不著紅綢子！」

「我不能扔，這是我的寶貝！」

「你的寶貝自然與我沒關係，扔了去！」

「偏不扔！」

「不扔就不扔，拉倒！」

「那麼，我把它扔了吧？」

「別扔！」

「非扔不可！」

小坡說著，解下紅綢子來，往帳子上一摔，大概是扔在戲臺上了，可是小坡看不見，因為一進到帳子裡面去，外邊的東西便不能看見了。

「我說，你看見鉤鉤沒有？」滑拉巴唧忽然問。

「誰是鉤鉤？」

「你不知道哇？」

「我怎會知道！」
「那麼，我似乎應該知道，鉤鉤是個大姑娘。」
「嘔！就是跟你一塊兒，抱著小狗兒的那位姑娘！」小坡非常得意記得這麼真確。
「你知道嗎，怎麼說不知道，啊？！」滑拉巴唧很生氣的樣子說。
小坡此時一點也不怕滑拉巴唧了，毫不介意地說：「鉤鉤哪兒去了？」
「叫老虎給背了去啦！」滑拉巴唧似乎要落淚。
「背到哪兒去啦？」
「你不知道啊？」
小坡搖了搖頭。
「那麼，我又似乎該當知道。背到山上去了！」
「這個上嚕，呸！滑拉巴唧，有點假裝糊塗，明知故問！」小坡心裡說。然後他問：「怎麼辦呢？」
「辦？我要有主意，我早辦了，還等著你問！」滑拉巴唧的淚落下來了。
小坡心中很替他難過，雖然他的話說得這麼不受聽。「你的汽車呢？」

「在家呢。」

「坐上汽車，到山裡打虎去呀！」小坡很英勇地說。

「不行呀，車輪子的皮帶短了一個！」

「哪兒去了？」

「吃了！」

「誰吃的？」

「你不知道哇？」滑拉巴唧想了一會：「大概是我！」

「皮帶好吃嗎？」小坡很驚訝地問。

「不十分好吃，不過加點油醋，還可以將就！」

「嘔！怪不得你的腦袋有時候可以長那麼大呢，一定是吃橡皮輪子吃的！」

「你似乎知道，那麼，我一定不知道了！」

「這個人說話真有些繞彎兒！」小坡心裡說。

「嘔！鉤鉤！鉤鉤！」滑拉巴唧很悲慘地叫，掏出金表來，擦了擦眼淚。

「咱們走哇！找老虎去！」小坡說。

「離此地很遠哪！」滑拉巴唧撇著大嘴說。

「你不是很能跑嗎？」

「能！」滑拉巴唧嗚咽起來：「也能摔跟頭！」

「不摔跟頭怎麼招人家笑呢？」

「你摔跟頭是為招人家笑呀？！」

「我說錯了，對不起！」小坡趕快地道歉。

「你幹什麼說錯了呢？！」

小坡心中說：「影兒國中的人真有點不好惹。」可是他也強硬起來：「我愛說錯了！」

「那還可以！你自己要說『愛』，什麼事都好辦！你看，我愛鉤鉤，鉤鉤愛我；跟你愛說錯話一樣！」

小坡有點發糊塗，假裝著明白，說：「我愛妹妹仙坡！」

「你無論怎麼愛妹妹，也不能像我這樣愛鉤鉤！再說，誰沒有妹妹呢！」

「那麼，你也有妹妹？」小坡很關心地問。

「等我想想！」滑拉巴唧把手指放在鼻子上，想了半天！「也許沒有，反正我愛鉤鉤！」

「鉤鉤不是你的妹妹？」

「不是！」

「她是你的什麼人呢？」

「告訴你，你也不明白，我只能這麼說：我一問她，鉤鉤你愛我不愛？她就抿著小紅嘴一笑，點點頭，我當時就瘋了！」

「愛和瘋了一樣？」小坡問。

「差不多！等趕明兒你長大成人就明白了！」

「嘔！」小坡想：假如長大就瘋了，也很好玩。

「你到底要幫助我不呢？」

「走啊！」小坡挺起胸脯來。

「往哪裡走？」

「不是往山裡去嗎？」

「哪邊是山？」

「山那邊啊？」小坡很聰明地說。

「對了！」滑拉巴唧拿腿就走，小坡在後面跟著。

走了一會兒，滑拉巴唧說：「離我遠一點啊，我要摔跟頭了！」

「不要緊，你一跌倒，我就踢你一腳，你就滾出老遠，這樣不是可以走得快一點嗎？」

「也有理！」說著，滑拉巴唧摔出老遠去，「踢呀！」

小坡往前跑了幾步，給了他一腳。

「等等！」滑拉巴唧立起來，說：「得把眼鏡摘下來，戴著眼鏡滾不痛快！」

滑拉巴唧把鏡子摘下，給小坡戴上，鉤兒朝前，鏡子正在小坡的腦勺兒上。

「怎麼倒戴眼鏡呢。」小坡問，心中非常高興。

「小孩子戴眼鏡都應當戴在後面！」

戴著眼鏡，雖然是在腦勺上，小坡覺得看得清楚多了。他屢屢回頭，看後面的東西，雖然叫脖子受點累，可是不如此怎能表示出後邊戴眼鏡的功用呢。

他前後左右地看，原來影兒國裡的一切都和新加坡差不多，鋪子，馬路等等也應有盡有，可是都帶著些素靜氣兒，不像新加坡那樣五光十色的熱鬧。要是以幽雅論，這裡比新加坡強多了。道路兩旁的花草樹木很多，顏色雖不十分鮮明，可是非常的整齊靜美。天氣也好，不陰不晴的，飛著些雨絲。不常看見太陽，處處可並不是不光亮。小風兒刮著，正好不冷不熱的正合適。

頂好玩的是路上的電車，沒有人駛著，只用老牛拉著。影兒國的街道有點奇怪：比如你在「甲馬路」上走吧，眼前忽然一閃，哼，街道就全變了，你不知不覺地就在「乙馬路」上走啦！忽然又一閃，你又跑到「丙馬路」去；忽然又一閃，你就跑到「丁馬路」上去。這樣，所以電車公司只要找幾隻認識路的老牛，在街道上等著馬路變換，也不用駛車的，也不用使電氣，馬路自然會把電車送到遠處去。街道的變動，有時候是眼前稍微一黑，馬路跟著就變了，一點也看不出痕跡來。有時候可以看得明明白白的，由遠處來了條大街，連馬路連鋪子等等全晃晃悠悠的，忽高忽低忽左忽右地擺動，好像在大海中的小船，看著有些眼暈。

要是滑拉巴唧會在街上等著，他們早就閃到城外去了。他是瞎忙一氣，東撞一頭，西跑一路，閃來哪條街，他便順著走，有時走出很遠，又叫馬路給帶回來了。而且他是越急越糊塗，越忙越摔跟頭，小坡起初以為這樣亂跑，頗有意思，一語不發地隨著他去；轉著轉著，小坡有點膩煩了，立住了問：

「你不認識路呀？」

「我怎麼應當認識路呀？」滑拉巴唧擦著汗說。

「這樣，我們幾兒個才能走到城外呢？」

「那全憑機會呀，湊巧了，轉到城外的大路，咱們自然走到城外去了！」

「嘔！」小坡很想休息一會兒，說，「我渴了，怎麼辦呢？」

「路旁不是有茶管子嗎，過去喝吧！」

「水管子！」

「茶管子！」

小坡走到樹林後面一看，果然離不遠兒便有個大水龍頭，碧綠的，好像剛油飾好。過去細看，龍頭上有一對淺紅寶石的鴨嘴，上面有兩個小金拐子。「茶」、「牛奶」在鴨嘴上面的小磁牌子上寫著。龍頭旁邊有張綠漆的小桌，放著些玻璃杯，茶碗，和糖罐兒。雪白條織桌布上繡著「白喝」兩個字。

小坡細細看了一番，不敢動，回過頭來問滑拉巴唧：「真是白喝呀？」

滑拉巴唧沒有回答，過去擰開小金拐子，倒了杯牛奶，一氣喝下去，也沒有擱白糖。

小坡也放開膽子，倒了碗茶，真是清香滾熱。他一邊喝，一邊點頭咂嘴地說：「比新加坡的強多了！」

「哪裡是新加坡呢？」滑拉巴唧問，隨手又倒了杯牛奶。

「沒聽說過新加坡？」小破驚訝得似乎有點生氣了。

「是不是在月亮上呢？」滑拉巴唧咂著牛奶的餘味說。

「在月亮底下！」小坡說。

「那麼天上沒有月亮的時候呢？」滑拉巴唧問，非常的得意。跟著把草帽摘下來，在胸前著。

小坡擠了擠眼，沒話可答。低著頭又倒了碗茶，搭訕著加了兩匙兒糖，叨嘮著：「只有茶，沒有咖啡啊！」

「今天禮拜幾？」滑拉巴唧忽然問。

「禮拜天吧。」

「當然沒有咖啡了，禮拜五才有呢！」

「嘔！」小破雖然不喜歡滑拉巴唧的驕傲神氣，可是心中還不能不佩服影兒國的設備這麼周到，口中不住地說：「真好！真好！」

「你們新加坡也是這樣吧？」滑拉巴唧問。

小坡的臉慢慢地紅上來了，遲疑了半天，才說：「我們的管子裡不是茶和牛奶，是橘子汁，香蕉水，檸檬水，還有啤酒！」

「那麼，咱們上新加坡吧！」滑拉巴唧大概很喜歡喝啤酒。

小坡的臉更紅了，心裡說：「撒謊到底不上算哪！早晚是叫人家看透了！」他想了一會說：「等過兩天再去吧！現在咱們不是找鉤鉤去嗎？」

這句話正碰在滑拉巴唧的心尖上，他趕快說：「你知道嗎，還在這裡自在地喝茶？！」

小坡忙著把茶碗放下就走。

滑拉巴唧一邊走一邊叨嘮，好像喝醉了的老太太：「你知道嗎，還不快走！你知道嗎，成心不早提醒我一聲兒！什麼新加坡，檸檬水，瞎扯！」

小坡現在已經知道滑拉巴唧的脾氣，由著他叨嘮，一聲也不出，加勁兒往前走。滑拉巴唧是一邊叨嘮，一邊摔跟頭。走了老遠，還是看不見山，小坡看見路上停著輛電車，他站住了，問：

「我們坐車去吧？」

「沒帶著車票哇！」

「上車買去，你有錢沒有？」

「你們那裡是拿錢買票啊？」

「那當然哪！」小坡說，覺得理由十分充足。

「怎會當然呢？我們這裡是拿票買錢！」滑拉巴唧的神氣非常的驕傲。

「你坐車，還給你錢？」小坡的眼睛睜得比酒盅兒還大。

「那自然呵！不然，為什麼坐車呢！可惜沒帶著票！」

「車票是哪兒來的呢？」小坡很想得兩張拿票買錢的票子玩玩。

「媽媽給的！」

「你回家跟媽媽要兩張去，好不好？」小坡很和氣的說。

「媽媽不給，因為我不淘氣。」滑拉巴唧帶出很後悔的樣子。

「不淘氣？」

「唉！非在家裡鬧翻了天，媽媽不給車票；好到電車裡玩半天，省得在家中亂吵。」

「你還不算淘氣的人？」小坡笑著問，恐怕得罪了滑拉巴唧。

「我算頂老實的人啦！你不認識我兄弟吧？他能把家中的房子拆了，再試著另蓋一回！」滑拉巴唧似乎頗得意他有這樣的兄弟。

「嘔！」小坡也很羨慕滑拉巴唧的弟弟，「他拿票買來錢，當然可以再拿錢買些玩藝兒了？」

「買？還用買？錢就是玩意，除了小孩子，沒有人愛要錢！」

兩個人談高了興，也不知道是走到哪兒去啦。小坡問：

「你們買東西也不用錢嗎？」

「當然不用錢！進鋪子愛拿什麼就拿什麼。你要願意假裝給錢呢，便在口袋掏一掏，掏出一個樹葉也好，一張香煙畫片也好，一把兒空氣也好，放在櫃檯上，就算給錢啦。你要是不願意這麼辦呢，就一聲不用出，拿起東西就走。」
「鋪子的人也不攔你？」
「別插嘴，聽我說！」
小坡咽了口氣。
「你要是愛假裝偷東西呢，便拿著東西，輕手躡腳兒地走出去，別叫鋪子裡的人看見。」
「巡警也不管？」
「什麼叫巡警啊？你可別問這樣糊塗的問題！」
小坡本想告訴他，馬來巡警是什麼樣子，和他自己怎麼願當巡警，一看滑拉巴唧的驕傲勁兒，他又不想說了。待了一會兒，他問：
「假如我現在餓了，可以到點心鋪白拿些餑餑嗎？」
「又是個糊塗問題？當然可以，還用問！況且，你是真餓了不是？為什麼你說『假如』？你說『假如』你餓，我要說，你『假如』不餓，你怎麼辦？」
小坡的臉又紅了！搭訕著往四外看了看，看見一個很美麗的小點心鋪。他走過去細看，裡面坐著個頂可愛的小姑娘，藍眼珠兒，黑頭發，小紅嘴唇，粉臉蛋兒，腦後也戴著一對大眼鏡兒。小坡慢慢地進去，手在袋中摸了摸，掏出一些空氣放在小桌兒上。小姑娘看了看他，抿著嘴笑嘻嘻地說：「要什麼呢？先生！」

小坡伸著食指往四圍一指，她隨著手指看了看。然後她把各樣的點心一樣拿了一塊，一共有二十多塊。她一塊一塊地都墊上白紙，然後全輕輕地放在一支小綠竹籃裡，笑著遞給小坡。跟著，她拿出一個小白綢子包兒來，打開，也掏出一點空氣。說：「這是找給你的錢，你給的太多了。」

小坡樂得跳起來了！

「喲，你會跳舞啊？」小姑娘嬌聲細氣地說，好像個林中的小春鶯兒。

「會一點，不很好。」小坡很謙虛地說。

「咱們跳一回好不好。」小姑娘說著，走到櫃檯的後面，撚了牆上的小鈕子一下，登時屋中奏起樂來。她過來，拉了拉小裙子，握住了小坡的手。小坡忙把籃子放下，和她跳起來。她的身體真靈活輕俏，腳步兒也真飄颺，好像一片柳葉似的，左右舞動。小坡提心吊膽的，出了一鼻子汗，恐怕跳錯了步數。

「點心在哪兒哪？」滑拉巴唧在門外說。「籃子裡呢。」小坡回答，還和她跳著。滑拉巴唧進來看了看小綠籃子，說：「你剛才一定是伸了一個手指吧？你要用兩個指頭指，她一定給你一樣兩塊！」
「饞鬼！」小坡低聲地說。
「他是好人，不是饞鬼！」小姑娘笑著說，「我們願意多賣。賣不出去，到晚上就全壞了，多麼可惜！我再給你們添幾塊吧？」
小坡的臉又紅了！哎呀，影兒國的事情真奇怪，一開口便說錯，簡直的別再說了！
「不用再添了，小姑娘！」滑拉巴唧說，「你看見鉤鉤了沒有？」
「看見了！」小姑娘撒開小坡的手，走過滑拉巴唧那邊去，「跟著個大老虎，是不是？」
滑拉巴唧的鼻子縱起來，耳朵也豎起，好像個小兔：「對呀！對呀！」
「老虎在這兒給鉤鉤買了幾塊點心，臨走的時候，老虎還跟我握手來著呢！」
小姑娘拍著手說。
「這一定不是那個專愛欺侮小姑娘的四眼虎！」小坡說。
「少說話！」滑拉巴唧瞪了小坡一眼。
「你要是這麼沒規矩，不客氣，」小坡從籃子裡拿起一塊酥餅，「我可要拿點心打你了！」

滑拉巴唧沒答理小坡，還問小姑娘：「他們往哪邊去了呢？」

「上山了。老虎當然是住在山上！」小姑娘的神氣似乎有點看不起滑拉巴唧。

「該！」小坡咬了口酥餑餑。

「山在哪裡呢？」

「問老虎去呀，我又不住在山上，怎能知道！」小姑娘嘲笑著說。

「該！」小坡又找補了一口酥餅。

滑拉巴唧的臉綠了，原來影兒國的人們，一著急，或是一害羞，臉上就發綠。

小姑娘看見滑拉巴唧的臉綠了，很有點可憐他的意思。她說：

「你在這兒等一等啊，我去找張地圖來，也許你拿著地圖可以找到山上去。」

小姑娘慢慢地走到後邊去。滑拉巴唧急得什麼似的，拿起點心來，一嘴一塊，惡狠狠地吃。小坡也學著他，一嘴一塊地吃，兩人一會兒就把點心全吃淨了。滑拉巴唧似乎還沒吃夠，看著小綠竹籃，好像要把籃子吃了。小坡忙著撿起籃子來，放在櫃檯後面。

小姑娘拿來一張大地圖。滑拉巴唧劈手搶過來，轉著眼珠看了一回，很悲哀地說：「只有山，沒有道路啊！」

「你不要上山嗎，自然我得給拿山的圖不是！」小姑娘很得意地說。

「再說，」小坡幫助小姑娘說，「拿著山圖還能找不到山嗎？」

「拿我的眼鏡來，再細細看一回！」滑拉巴唧說。

小姑娘忙把眼鏡摘下來，遞給他。「這是我祖母的老花鏡，不知道你戴著合適不合適。」

「戴在腦後邊，還有什麼不合適！」滑拉巴唧把眼鏡戴在腦勺上，細細看著地圖。看了半天，他說：「走哇！這裡有座狼山，狼山自然離虎山不遠。走哇，先去找狼山哪！拿著這張地圖！」

小坡把地圖折好，夾在腋下，和小姑娘告辭。

「謝謝你呀！」滑拉巴唧向小姑娘一點頭，慌手忙腳地跑出去。

十四　猴王

小坡忽然一迷糊，再睜眼一看，已經來到一座小山。山頂上有些椰樹，雞毛撣子似的，隨著風兒，來回撣天上的灰雲。

「滑拉巴唧！」小坡喊。哎呀！好難過，怎麼用力也喊不出來。好容易握著拳頭一使勁，出了一身透汗，才喊出來：「滑拉巴唧！你在哪兒哪？」

沒有人答應！小坡往四下一看，什麼也沒有，未免心中有點發慌。這就是狼山吧？他想：在國語教科書裡念過「狼形似犬」，而且聽人說過狼的厲害，設若出來幾隻似狼的東西，叫他手無寸鐵，可怎麼辦！

他往前定了幾步，找了塊大石頭，坐下，「滑拉巴唧也許叫狼叼擊了吧？！」正這麼怨著，由山上的小黃土道中來了一隻猴子，騎著一個長角的黑山羊，猴子上身穿著一件白小褂，下身光著，頭上扣著個小紅帽盔，在羊背上揚揚得意的，神氣十足。

山羊有時站住，想吃些路旁的青草，猴兒並沒拿著鞭子，只由他的尾巴自動地在羊背上一抽，山羊便趕快跑起來。

小坡簡直地看出了神。離他還有幾丈遠，猴兒一扳羊角，好像駛汽車的收閘一樣，山羊便紋絲不動的站住了。猴兒一手遮在眼上，身子往前彎著些，看了一會兒，高聲地叫：

「是小坡不是呀？」

猴兒怎麼認識我呢？小坡驚異極了！莫非這是植物園？不是呀！或者是植物園的猴子跑到這兒來了？他正這麼亂猜，猴子又說了：「你是小坡不是呀？怎麼不言語呀！啞巴了是怎著？！」

「我是小坡，你怎麼知道呢？」小坡往前走了幾步。

猴兒也拉著山羊迎上來，說：「難道你聽不出我的語聲來？我是張禿子！」

「張禿子？」小坡有點不信任自己的耳朵，「張禿子？」

這時候，猴子已經離小坡很近，把山羊放在草地上，向小坡脫帽鞠躬，然後說：「你不信哪？我真是張禿子！」

小坡看了看猴子頭上，確是頭髮很少，和張禿子一樣。

「坐下，坐下！咱們說會兒話！」張禿子變成猴子，似乎比從前規矩多了。

兩個坐在大石頭上，小坡還一時說不出話來。

「小坡，你幹什麼裝傻呀？」張禿子的猴嘴張開一些，似乎是笑呢。「你莫非把我忘了？」

小坡只能搖了搖頭。

「你聽我告訴你吧！」

「嘔！」小坡還是驚疑不定，想不起說什麼好。

張禿子把小紅帽子扣在頭上，在大石頭上，半蹲半坐的，說：

「有一天我到植物園去，正趕上猴王的生日。我給他些個香蕉什麼的，他喜歡得了不得。一邊吃，一邊問我願意加入猴兒國不願意。我一想：在學校裡，動不動就招先生說一頓。在家裡，父親的大手時常敲在咱的頭上，打得咱越來頭髮越少。這樣當人，還不如當猴兒呢！可是對猴王說：我不能當普通的猴子，至少也得來個猴王作作。你猜怎麼著，猴王說：正好嗎，你到狼山做王去吧。那裡的猴王是我的弟弟，——小坡，我告訴你，敢情猴王們都是親戚，不是弟兄，便是叔侄。——前兩天他和狼山的狼王拜了盟兄弟。狼王請他去吃飯，哪知狼王是個老狡猾鬼，假裝喝醉了，把我兄弟的耳朵咬下一個來，當酒菜吃了。然後他假裝發酒瘋兒，跟小猴們說：『咱們假裝把猴王殺了好不好？』，小猴們七手八腳地便把我兄弟給殺了！」

「好不公道！不體面！狼崽子們！」小坡這時候聽入了神，已經慢慢忘了張禿子變猴兒的驚異了。

「自然是不公道哇！小坡，你看，咱們在操場後面打架多麼公平！是不是？」

「自然是！」小坡好像已把學校忘了，聽張禿子一提，非常的高興。

「猴王落了許多的淚，說他兄弟死得太冤枉！」

「他不會找到狼山，去給他兄弟報仇嗎？」小坡問。

「不行啊，猴王不曉得影兒國在哪裡呀！他沒看過電影。」

「你一定看過電影，張禿子？」

「自然哪，常由電影園的後牆爬進去，也不用買票！」張禿子的嘴又張得很大，似乎是笑呢。

「別笑啦，笑得那個難看！往下接著說吧。」此時小坡又恢復了平日和張禿子談話的態度。

「猴王問他的兄弟親戚，誰願到狼山做王，大家都擠咕著眼兒一聲不出。後來他說，你們既都不敢去，我可要請這位先生去了！他雖不是我的親戚，可是如果他敢去，我便認他作乾兄弟。於是猴王和我很親熱地拉了把手，決定請我去作狼山的猴王。我自己呢，當然是願意去；我父親常這麼說：禿子將來不是當王，就作總統，至少也來個大元帥！」

「大元帥是幹什麼的？」

「大元帥？誰知道呢！」

「不知道嗎，你說？」

「說，一定就得知道哇？反正父親這麼說，結了，完了！」

「好啦，往下說吧！」

「我答應了猴王，他就給我寫了一封信。」

「他還寫信？」小坡問。

張禿子往小坡這邊湊了湊，挨著小坡的耳朵根兒說：「他們當王的都不會寫字，可是他們裝出多知多懂的樣兒來，好叫小猴子們恭敬他們。他只在紙上畫三個圈兒，畫得一點也不圓。他對我說：你拿著這封信到狼山去，給那裡的官員人等看。他們就知道你是他們的新王了。」

張禿子抓了抓脖子底下，真和猴子一樣。

小坡笑開了。

「你是笑我哪？」張禿子似乎是生氣了，「你要曉得，我現在可是做了王。你頂好謹慎著點！」

「得了，張禿子！你要是不服我，咱們就打打看！你當是做了猴王，我就怕你呢！」

張禿子沒言語，依舊東抓西撓的，猴氣很深。

小坡心裡說：做王的人們全仗著吹氣瞪眼兒充能幹，你要知道他們的老底兒，也是照樣一腦袋頂他們一溜跟頭！然後他對張禿子說：

「得了，咱們別吵架！你做了王，我好像得恭敬你一點。可是你也別假裝能幹，成心小看我！得了，說你的吧。」

張禿子自從做王以後，確是大方多了，一想小坡說得有理，就吹了一口，把怒氣全吹出去了。「沒人看著咱們，你愛怎樣便怎樣，當著小猴兒們，你可得恭敬著一點，不然，我還怎叫他們怕我呢？好，我往下說呀：拿著猴王的信，我就跑影兒國來了。」

「打哪兒進來的？」

「從點心鋪的後門進來的。」

「喝了街上的牛奶沒有？」小坡很想顯顯他的經驗。

「當然，喝了六杯牛奶，吃了一打點心！」

「肚子也沒疼？」小坡似乎很關心猴王的健康。

「疼了一會兒就好了。」

「好，接著說。」

「你要老這麼插嘴，我多咱才能說完哪？」

「反正你們當王的一天沒事，隨便說吧。」

「沒事？沒事？」張禿子擠著眼說，「你沒做過王，自然不知道哇。沒事？一天到晚全不能閒著。看哪個猴子力氣大一些，好淘氣搗亂，咱趕緊和他認親戚，套交情，送禮物；等冷不防的，好咬下他一個耳朵來，把他打倒！對那些好說話的猴兒呢，便見面打幾個耳光，好叫他們看見我就打哆嗦！事情多了！沒事？你太小看做王的了！」

「嘔！」小坡沒說別的，心中有些看不起猴王的人格。

張禿子看小坡沒說什麼，以為是小坡佩服他了，很得意地說：「到了狼山，我便立在山頂上喊：猴兒國的國民聽著，新王來到，出來瞧，出來看！這一喊不要緊哪，喝！山上東西南北全地叫起來，一群跟著一群，一群跟著一群，男女老少，老太太小妞兒，全來了！我心中未免有點害怕，他們真要是給我個一擁而上，那還了得！我心裡直念叨：張禿子！張禿子！挺起胸脯來幹呀！我於是打開那封信，高聲地喊：這是你們死去猴王的哥哥給我的信，請我做你們的王！喝！他們一看紙上的圈兒，全跪下磕起頭來。」

「磕了幾個？」小坡問。

「無數！無數！叫他們磕吧，把頭磕暈，豈不是不能和我打架了嗎？等他們磕了半天，我就又喊：拿王冠來！有幾個年老白鬍子的猴兒，了一聲，就爬到椰子樹上，摘下這頂紅小帽來。」張禿子指了指他頭上的紅盔兒。

「很像新加坡的阿拉伯人戴的小紅盔兒！」小坡說。

「阿拉伯人全是當膩了王，才到新加坡去做買賣！」

「嘔！」小坡這時候頗佩服張禿子知道這麼多事情。

「我戴上王冠，又喊：拉戰馬來！」

「什麼是戰馬呀？」

「你沒到二馬路聽過評書呀？張飛大戰孔明的時候，就這麼喊：拉戰馬來！」
「孔明？」
「你趕明兒回新加坡的時候，到二馬路聽聽去，就明白了。站著聽，不用花錢的。」
「嘔！」小坡有點後悔：在學校裡，他總看不起張禿子，不大和他來往，哪知道他心中有這麼些玩意兒呢！
「我一喊，他們便給這個拉來了。」張禿子指著長角山羊說，「我本來是穿著件白小褂來的，所以沒跟他們要衣裳。我就戴著王冠，騎上戰馬，在山坡上來回跑了三次。他們都嚇得大氣不出，一勁兒磕頭。我一看，他們都有尾巴，我沒有，怎麼辦呢？我就折了一根棕樹葉，把葉片扯去，光留葉梗，用根麻繩拴在背後，看著又硬又長。他們一看我有這麼好的尾巴，更恭敬我了。這幾天居然有把真尾巴砍下去，為是安上棕葉梗，討我的喜歡。你說可笑不可笑？這兩天我正和他們開會商量怎麼和狼王幹一幹。」
「你們會議也和學校裡校長和先生的開會一樣吧？」
「差不多，不過我們會議，只許我說話，不許別人出聲！」張禿子說，搖著頭非常得意。

「你要和狼王打起來，幹得過他嗎？」

「其實我們是白天出來，狼們是夜間出來，誰也遇不見誰，不會打起來。不過，我得好歹跟他們鬧一回；要不然，猴子們可就看不起我啦！做王的就是有這個難處，非打仗，人們不佩服你！」

「你要真和狼王開仗的時候，我可以幫助你！」小坡很親熱地說。

「那麼，你沒事嗎？」

「喲！」小坡機靈地一下子，跳起來了，忽然想起滑拉巴唧，「有事！差點忘了！我說，你看見滑拉巴唧沒有？」

「看見了，在山洞睡覺呢。」

「這個糊塗鬼！把找老虎的事兒忘了！」

「幹什麼找老虎呀？」張禿子抓著胸脯，問。

「老虎把鉤鉤背去啦！」

張禿子嘔嘔地笑起來。

「你笑什麼呢？」小坡看了看自己的身上，找不出可笑的地方來。

「他找老虎去？他叫老虎把鉤鉤背走的！」

「我不信！他一提鉤鉤便掉眼淚！再說，你怎麼知道？」

「你不信？因為你還不曉得影兒國人們的脾氣。他們一天沒事兒做，所以非故意搗亂不可。他叫老虎把鉤鉤背去，好再去找老虎不答應。可是有一樣，老虎也許一高興，忘了這是滑拉巴唧鬧著玩呢，硬拉住鉤鉤不放手。」

「我真盼著老虎變了卦，好幫著滑拉巴唧痛痛快快打一回！」小坡搓著手說。

「那麼好啦，你跟我去看他吧。」張禿子騎上上山羊，叫小坡騎在他後而，好似兩人騎的自行車。走著走著，張禿子忽然問：

「小坡，看見小英沒有？」

「幹什麼呀？」

「很想把她接做王妹，哎呀，王的妹妹該叫作什麼呢？王的媳婦叫皇后，王的兒子叫太子，妹妹呢？」

小坡也想不起，只說了一句：「小英恨你！」

「恨我？我做了猴王，她還能恨我？」

小坡沒說什麼。

走了半天，路上遇見許多猴子，全畢恭畢敬的，立在路旁，向他們行舉手禮。張禿子睬也不睬的，仰著頭，一手扶著羊角，一手抓著脖子。小坡一手扶著羊背，一手遮著嘴笑。

過了一個山環，樹木更密了。穿過樹林，有一片空場，有幾隊小猴正在操演；全把長尾巴圍在腰間當皮帶，上面掛著短刺刀。

過了空場，又是個山坡，上面有兩排猴兒兵把著個洞門。洞門上有面大紙旗，寫著兩個大黑字：「禿子」。

「到了！」張禿子說。

十五　狼猴大戰

猴子們本來住在樹林裡，用不著蓋什麼房屋，找什麼山洞的。張禿子雖變成猴子，但還一時住不慣樹林，所以他把那個山洞收拾了一下，暫作為王宮。

洞真不小：一進門有三間大廳，廳裡並沒有桌椅，只在牆的中腰掏了些形似佛龕的小洞，猴王接客的時候，便一人坐在一個小洞裡，看著很像一群小老佛爺。穿過大廳，還有兩列房子。一列是只有四壁，並沒有屋頂，坐在屋裡，便可以直接看天；這是猴王的諸大臣的臥室；因為他們住慣了樹林，一旦悶在屋裡，有些不痛快；而且下雨的時侯，不淋得精濕，也不舒服；出門入戶的也覺得太麻煩；所以猴王下命，拆去屋頂，以示優遇。對面的一列是猴王住著的地方，卻有屋頂，但是一連十幾間，全沒有隔斷；因為猴王張禿子睡覺好打「把式」，既沒有隔斷，他便可以自由地從這頭滾到那頭。吃飯的時候，愛嚼著東西翻幾個跟頭呢，也全沒有阻擋，而且可以把湯放在這頭，把菜放在那頭，來回跑著吃，也頗有趣。這列房的房頂上有許多小猴，一手拿著喇叭，一手遮在眉上往遠處望著；若是有狼國人來行刺，或有別的野獸來偷東西，他們好吹喇叭警告山洞四圍的衛兵。──

張禿子自做了猴王以後，一點也不像先前那樣膽粗氣壯了！

這兩列房後面有個花園，園裡並沒有花草，只在園門上張禿子用粉筆寫了「花園」二字。張禿子遊園的時候，隨意指點著說：「玫瑰很香很美呀！」隨著他的人們，便趕快跑到他所指的地方細看一回，一齊說：「真好！真好！」他們要不這樣說，張禿子一生氣，便把他們種在那裡當花草兒。

張禿子領著小坡在洞內看了一遭，諸大臣都很恭敬地在後面隨著。到花園裡，小坡問：「花草在哪裡呢？」諸大臣全替他握著一把兒汗。可是張禿子假裝沒聽見，回過頭來向大臣們說：「誰叫你們跟著我呢？去！」諸大臣全彎著腰，夾著尾巴，慌忙跑去。

張禿子把小坡領回到大廳裡。他自己坐在最大的一個龕裡，正對著屋門。小坡坐在猴王的右手。門外來來往往的小猴們全偷著眼看小坡，不知他是猴王的什麼人。張禿子板著臉，不肯多說話；怕小坡亂問，叫小猴們聽見，不大好。正這麼僵板地坐著，忽然進來一個猴兵，慌慌張張的，跑在大廳中間，說：「報告！」

「什麼事？」張禿子仰著臉，高聲地問。

「不好了，大王！狼王派了八十萬大軍，打我們來了！」猴兵抹著眼淚說。

「你怎麼知道？」張禿子問。
「我們捉住一個狼偵探，他說的！」
「他在哪兒呢？」
「在外面睡覺呢！」
「他睡覺嗎，你怎會知道他們有八十萬人馬，啊？糊塗！不要臉！」張禿子扯著脖子喊，為是叫門外的小猴們全聽得見。
猴兵抓著大腿，顫著說：「大王！他要是不睡著，我們哪能拿得住他呢。我們捉住他，把他推醒，他就說：八十萬人馬！就又睡去了。」
「把他拿進來！」
「不行呀，大王！一動他就咬手哇！」
「怎麼辦呢？」張禿子低聲地問小坡。
「咱們出去看看，好不好？」
「那不失身分嗎？我是猴王啊，你要記清楚了！」
「你這些猴兵沒有用，有什麼法兒呢！」
「好吧，咱們出去看看。」張禿子說，然後很勇敢地問那個猴兵：「把他捆好了沒有呢？」

「捆好了，大王！」

「那麼，捆他的時候，為什麼不咬手呢？」

「大概他願意叫人家捆起來，不喜歡叫人家挪動他，狼們都有些怪脾氣呀，大王！」

「不要多說！」張禿子由牆上跳下來。

小坡遮著嘴笑了一陣。

隨著猴兵，他們走出洞口，一隊衛兵趕快跟在後面。到了空場，一群猴兵正交頭接耳地嘀咕，見猴王到了，登時排好，把手貼在眉旁行禮。

「狼偵探在哪裡呢？」張禿子問，態度還很嚴重，可是臉上有點發白。

隊長趕快跑過來，用手一指，原來狼偵探在一塊大石頭上睡得正香呢。一根麻繩在狼身上放著，因為猴兵不敢過去捆他，只遠遠的把麻繩扔過去。張禿子打算鑿猴兵的頭幾下，懲罰他報告不真，可是往四下一找，猴兵早已跑得沒影兒了。

張禿子看著那群兵，那群兵瞧著張禿子，似乎沒有人願意去推醒狼偵探。

小坡看得不耐煩了，扯開大步，走到大石頭前面，高聲地喊：

「別睡了，醒醒！」

張禿子和兵們也慢慢地跟過來。

狼偵探張了張嘴，露出幾個尖利的白牙。兵們又往後退了幾步。

「起來！起來！」小坡說。

狼偵探打了個呵欠，伸了伸腰兒，歇鬆地說：「剛做個好夢，又把我吵醒了，不得人心！」

「你要是瞎說，我可打你！快起來！」

眾猴兵一聽小坡這樣強硬，全向前走了兩步，可是隊長趕快叫了個：「立——正！」於是大家全很勇敢地遠遠站住。

「你是哪裡來的？」小坡問。

狼偵探不慌不忙地坐起來，從軍衣中掏出個小紙本來，又從耳朵上拿下半根鉛筆。他看了看小坡，又看了看大家。然後伸出長舌頭來，把鉛筆沾濕，沒說什麼，開始在小本上寫字，寫得很快。

「我問你的話，沒聽見是怎麼著？」小坡有點生氣了！

「等等，不忙！等我寫完報告，再說。」狼偵探很不鄭重地說，一邊寫，一邊念道：「有一塊空場，場裡有猴兵四十萬。還有一小人，模樣與猴兵略有不同，問我從哪裡來的。此人之肉，或比猴兵的更好吃。好了！」狼偵探把小本放回去，鉛筆插在耳上，向小坡說：「你問我從哪兒來的？我是狼王特派的偵探！你似乎得給我行個禮才對！」

「胡說！」小坡又往前湊了一步，「我問你，聽著！你們有多少兵？」

「八百萬大軍！」

張禿子往前走了一步，立在小坡身後，說：「八十萬，還是八百萬？」

「八十萬和八百萬有什麼分別？反正都有個八字！」狼偵探笑了，笑得一點也不正當。

「你們什麼時候發的兵？」小坡問。

「前天夜裡狼王下的令，我們在山下找了一夜，沒有看見一個猴兵。」

「怪不得前天夜裡我聽見狼嗥！」張禿子和小坡嘀咕。

「昨天白日我們依舊在山上找你們，走錯了道兒，所以沒遇見你們。昨日夜裡還在山上繞，又沒遇見你們。今天大家都走乏了，在山坡下睡覺呢。我做著夢走到這裡，叫你們給吵醒了，不得人心！」

「你回去告訴他們，我們這裡有——」小坡低聲地問張禿子。「說有多少兵？四八四十八萬，行不行？」

張禿子接過來，高聲喊道：「回去告訴你的王，我們這裡有四十八萬人馬，專等你們來，好打你們個唏里嘩拉！你們要知道好歹，頂好回家睡覺去，省得挨打！聽明白了沒有？」

狼偵探惡意地吐了吐舌頭，又把小本掏出來，寫了幾個字。寫完了，也沒給張禿子行禮，立起來，抖了抖毛兒，便得意揚揚地走下去。

張禿子愣了一會兒，看狼偵探已走遠，高聲地喊：「吹號齊集人馬！」然後指著一個小隊長說，「去請各位大臣到這裡會議，快！」

號聲緊跟著響了：滴答——滴答——嘀——！喝！四面八方，猴兵一隊跟著一隊，一營跟著一營，全跑向前來。前面的掌旗官都打著一大枝香蕉，香蕉的多少，便是軍營的數目；有五個香蕉的，便是第五營，有十九個香蕉的，便是第十九營。軍隊陸續前來，路上黃塵滾滾，把四面的青山都遮住，看不見了。每營的人數不齊，有的五個，有的五百，有的兵都告假，只有掌旗官，打著枝香蕉，慌忙跑來。兵們有的扛著槍，有的抱著個小猴，有的拿著本《國語教科書》。馬兵全騎著山羊，比步兵走得還慢，因為——快跑，兵便從羊背上噗咚噗咚地摔下來了。

人馬到齊，張禿子騎上長角山羊，跳動著，左右前後的，穿營過隊的，檢閱了一番。猴兵全直溜溜地站著，把手放在眉旁行禮。掌旗官們把香蕉枝子舉得筆直，工夫太大了，手有點發酸，於是把枝上的香蕉摘下幾個來，吃著，以減輕重量，這樣一來，軍營的次數也亂了，好在也沒人過問。這時候諸大臣全慢條斯理地來到，向張禿子深深地鞠躬。張禿子下了戰馬，坐在石頭上，對他們說：

「現在開會，大家不要出聲，聽我一個人說！現在狼王故意——」他想不起說什麼好。諸大臣都彎著腰，低著頭說：「故意——」張禿子忽然想起來：「故意和我們搗亂，我們非痛打他們一回不可！你們帶一營人去看守王宮，好好用心看著，聽見沒有？」

諸大臣連連點頭。內中有個聾子，什麼也沒聽見，但也連連點頭。他們又深深鞠躬，然後帶了一營人馬，回宮去看守。

營長都慌忙走上前來，有的因為指揮刀太長，絆得一溜一溜地摔跟頭，摔得滿臉是黃土。

張禿子問他們：「哪邊狼兵最多？是東邊？」眾營長一齊拔出指揮刀，向東邊指著。張禿子說：「還是西邊？」大家的刀往西指。「還是南邊？」大家的刀往南指。「還是北邊？」大家的刀往北指。「這樣看，四面都有狼兵了？」大家的刀在空中掄了個圈兒。

「你們三營到東邊去，守住東山坡！」張禿子指著東邊說。

三個營長行了禮，跑回去，領著三營兵往西邊去了。

「你們三營往西邊去，守住西山口！」張禿子指著西邊說。

三個營長行了禮，跑回去，領著三營兵往東邊去了。

小坡低聲問：「你叫他們往東，他們偏往西，叫他們往西，他們偏往東，是怎回事呀？」

「一打起仗來，軍官就不好管了，隨他們的便吧！好在一邊三營，到哪邊去也是一樣。你要一叫真兒，他們便不去打仗，回來把王殺了；然後迎接狼王做他們的皇帝，隨他們的便吧！」

張禿子把人馬派出去，帶著衛隊和四五營馬兵，到山頂上去觀望。

「我說，我乘著狼們還睡覺，去給他們個冷不防，打他們一陣，好不好？」

小坡問猴王。

「你先等等吧！狼們是真睡了不是，簡直的不敢保準！」張禿子很精細的樣子說。

「那麼，應當派幾個偵探去看看哪！」小坡說。

「對呀！哼，一慌，把派偵探也忘了！」張禿子說著指定兩個衛兵，「你們到東山去看看，狼們是睡覺呢，還是醒著呢！」

「他們一定是睡呢，大王！不必去看。」兩個兵含著淚說。

「我叫你們去！」

「大王，我們的腳有點毛病，跑不快啊！請派兩個馬兵吧！」

「沒用的東西！」張禿子說，「過來兩個馬兵！」

馬兵一聽，全慌忙跳下馬來，一齊說：「我們情願改當步兵呀，大王！」

「營長，把他們帶到空場去，一人打五個耳瓜子！」張禿子下令。

「大王呀，饒恕這回吧！」營長央求，「平日我們都喜歡當偵探玩但是一到真打仗啊，當偵探玩真有危險呀！頂好大王爬到樹上去，拿個望遠鏡往遠處看一看，也可以了！」

張禿子沒有言語。

小坡本想先給營長兩拳，可是一見猴王不發作，也就沒伸手。

過了一會兒，張禿子說：「哪裡有望遠鏡呢？」

大家都彼此對問：「哪裡有望遠鏡呢？」

有一個衛兵看見小坡腦後的眼鏡，趕緊往前邁了一步：「報告！大王旁邊這位先生有望遠鏡！」

小坡忽然想起來：「我說，滑拉巴唧呢？這是他的眼鏡。」

「他在洞裡睡覺呢，你剛才沒看見嗎？」張禿子說。

「沒有！你不告訴我，他在哪間屋子裡，我怎能知道呢！」

「先不用管他，把鏡子借給我吧！」

「這是眼鏡！有什麼用！」小坡說。

「大王！眼鏡也可假裝作望遠鏡呀！」一個營長這樣說。

小坡賭氣把眼鏡遞給張禿子。

張禿子戴上鏡子，往一棵椰樹上爬。爬到尖上，不敢往下瞧，因為眼暈；只好往天上看：「不好了，黑雲真厚，要下大雨了！營長！快到宮裡去取我的雨傘來！」

「影兒國的雨是乾的，不用打傘！」小坡說。

「我打傘不為擋雨，是為擋著雷！」

喝！天上黑雲果然很厚，一團一團，來回亂擠。遠處的已連成一片灰色，越遠越白，白亮亮的在遠山上橫著。忽然一陣涼風，黑雲跑得更快了，山上的椰樹，葉子歪在一邊，刷刷地在霧氣中響。遠處忽然一個白閃，把白亮亮的雨雲打開幾道長而顫動的縫子。跟著咯嚓嚓一個雷，雨點斜著下來，在山上橫著濺起一溜白煙。又一個閃，在可怕的黑雲上開了個大紅三角。咯嚓！咕隆，咕隆，雷聲由近處往遠處走，好像追著什麼東西！看不出雨點來了，只是一片灰色！裡面卷著些亂動的樹影。

咯嚓！張禿子一縮脖，由樹上掉下來。

雨確是乾的，打到身上一點也不濕，可是猴兒們（膽子大的）開始東搓西撓的似乎是洗澡呢，洗得很痛快。有的居然拿出胰子來往頭上搓。膽兒小的猴子們全閉上了眼，雙手堵住耳朵，不住地叫：「老天爺，不要霹我呀，我是好人哪！」

小坡坐在大石頭上，仰著頭看，打一個大閃，他叫一聲「好！」

過了一會兒，雨聲小一點了。黑雲帶著雷電慢慢往遠處滾。遠處的山尖上，忽然在灰雲邊上露出一縷兒陽光，把椰樹照得綠玻璃似的。

張禿子聽著雷聲小了，嘆了一口氣。忽然由山下跑來一個猴兒兵，跑得滿頭是汗，吁吁帶喘。見了張禿子，張了幾次嘴，才說出話來：

「大，大，大王！不好了！東山的兵們一打雷全嚇傻了，叫狼兵把他們生擒活捉全拿去了！」

「你怎麼能跑回來呢？」張禿子問。

「我嚇暈了，倒在地上，狼兵以為我死了，所以沒拿去！」

張禿子回頭喊：「三營馬兵趕快到東山，救回他們！快！」

三個營長上了馬，帶著隊伍往西去了。

一邊走一邊說：「西邊比較的平安一些！」

又跑來個猴兵，也跑得驚雞似的，跪在猴王面前：「報告！北邊的軍隊全投了狼王，帶著狼兵快殺到王宮了！」

張禿子的顏色轉了，低聲地問小坡，「咱們也跑吧？」

「非打一回不可！」小坡很堅決地說。

說話之間，又跑來一個小猴，說：

「大王，不好了！狼兵已打進王宮！那個滑拉巴唧原來是狼王變的，他已經把大王的香蕉全吃淨了！」

張禿子嚇得手足失措，正想不起主意來，只見西南北三路，猴兵全敗下來，有的往樹上逃命，有的往綠棵子亂藏，有的坐在石頭上遮著臉等死，只有南路的兵還好一些，且戰且走，沒完全潰散。

小坡由猴兵手裡搶過一條木棍，對張禿子說：「走啊，幫助南路的兵去啊！」張禿子上了戰馬，帶著衛隊和一些馬兵，隨著小坡往南殺。一會兒就和他們自己的兵合在一塊，小坡手掄木棍，衝上前去，眾猴兵齊聲 喊，跟著往前殺。狼兵是一聲不出，死往上攻。小坡的木棒東掄西打，啪，啪，啪！在狼頭上亂敲。狼們一點不怕，鉤鉤著眼睛，張著大嘴，往前叼猴兒的腿。

猴兵退了三次，進了三次，雙方誰也不肯放鬆一步。

小坡正打得高興，忽然背後大亂，回頭一看，可了不得啦！北方的狼也攻上來，把他們夾在中間，跟著，東西兩面的狼兵也上來了，把猴兵團團圍住，沒法逃生。小坡閉上眼睛，雙手掄木棍，只聽見啪，啪，啪亂響，不知到底打著誰了。

張禿子也真急了，把王冠也扔了，一手拿著一枝木棍亂掄。掄了一會兒，哼！胯下的山羊被狼叼了去；幸而跳得快，還沒倒在地上。小坡呢，掄著掄著，手中的木棍碎了！睜眼一看，四面全是狼，全紅著眼睛向他奔。小坡也有點心慌了，東遮西擋的不叫狼咬著。「張禿子！咱們怎麼辦呢？！」

張禿子還掄著木棍，喊：

「換片子啦！」

這樣一喊，忽然狼也沒有了，山也沒有了，樹也沒有了，張禿子也不是猴兒了，依然是張禿子。

遠遠的滑拉巴唧一瘸一拐地來了。

十六　求救

小坡和張禿子坐在地上，張著嘴喘氣，誰也說不出話來。滑拉巴唧跑過來，坐下，也一聲不發；只由張禿子臉上把眼鏡摘下來，他自己戴上。三人這樣坐了好久，每人出了幾身透汗，張禿子說了：

「滑拉巴唧！你還算個好人？好好地款待你，你反倒變成狼王，搶我的王宮！」

滑拉巴唧的眼珠轉得很快，帶出很驚訝的樣兒，說：「我麼時候變狼來著？你怎麼知道我一定變狼？就是我愛變著玩吧，什麼不可以變，單單地變狼？喊！」

「大概是狼王變成滑拉巴唧，詐進了王宮，滑拉巴唧並不知道。」小坡給他們調解，「現在咱們已經換了片子，就不用再提那些事了！」

張禿子慢慢地站起來，瞪了滑拉巴唧一眼，說：「小坡，再見吧！我還是回狼山去！」

「你？一個人去打狼？」

「非報仇不可！非奪回王宮不可！」

張禿子晃著禿腦袋，似乎有做王的癮頭兒。

「你打得過他們嗎？」小坡還沒有忘記狼兵的厲害。

「我自有辦法！我也會變成滑拉巴唧，去和狼王交朋友，乘冷不防咬下他一個耳朵來！」

小坡雖然以為張禿子的計畫不甚光明正大，可是很佩服他有這樣的膽量。

滑拉巴唧委委屈屈地叨嘮：「你也變滑拉巴唧，他也變滑拉巴唧，誰也不來幫助幫助滑拉巴唧！」他捶了胸口兩下，捶出許多怨氣。

小坡看他怪可憐的，趕緊說：「我幫助你，滑拉巴唧！不要發愁啊，愁病了又得吃藥，多麼苦哇！」

滑拉巴唧聽了這片好話，更覺得委屈了，落下好多大顆的眼淚來，摘下草帽來接著，省得落在衣服上。

小坡看他哭了，自己也好似有點難過，也紅了眼圈。

「再見，小坡！」張禿子挺著胸脯兒就走，也沒招呼滑拉巴唧一聲兒。

「我說，張禿子，咱們學校裡見啦！」小坡說。

「不用再提學校！做了猴王還上學？」

「先生要問你呢？要給你記過呢？」

「給我記過？帶些猴兵把學校拆了！」

「你敢！」小坡也立起來。

「你看我敢不敢！」張禿子一邊說一邊走。

「好啦，等著你的！看先生不拿教鞭抽你一頓好的才怪！」

「不怕！不怕！」張禿子回頭向小坡吐了吐舌頭。

「愛怕不怕？破禿子，壞禿子，猴禿子！」小坡希望張禿子回來，和他打一場兒；可是張禿子一直走下去，好像很有打勝狼王的把握。

小坡看張禿子走遠啦，問滑拉巴唧：「你剛才上哪兒了？叫我各處找你！」

「我上哪兒了？你上哪兒啦？我問你！」滑拉巴唧撇著乖乖說。

「我上狼山找你去啦！」

「我上虎山找鉤鉤去啦！」

「找著了她沒有呢？」

「找著她，我還在這兒幹什麼，糊塗！」

「老虎把她留下了？」小坡忍著氣問。

「鉤鉤自己不願意回來！」滑拉巴唧把草帽一歪倒出一汪兒眼淚，然後又接好，從新落比花生米還大的淚珠兒。

「這麼說，不是老虎的錯兒了？」

「那還能是鉤鉤的錯兒嗎？」

小坡有點發糊塗，沒說什麼，看著自己的手。兩手，因和狼們打了半天，很不乾淨，拿起草帽用眼淚洗了洗。滑拉巴唧的眼淚很滑溜，好像加了香胰子似的，洗完了，在褲子上擦了擦，然後剔著指甲，叨嘮：「到底是誰的錯兒呢？我的？你的？他的？我們的？你們的？他們的？張禿子的？南星的？三多家裡糟老頭子的？」

「正是他！」滑拉巴唧忽然站起來說，「要不是他給老虎出主意，老虎哪能留住鉤鉤！」

「你剛才不是說，鉤鉤自己不願意回來嗎？」小坡問。

「你要是這麼來回繞圈兒問我，我可要瘋了！」滑拉巴唧急扯白臉地說。

「你要是這麼繞著圈兒回答我，我可也要瘋了！」小坡笑著說，「我要是瘋了，要變成一丁點的一個小蚊子，專叮你的鼻子尖，看你怎麼辦！」

「不要變吧，我好好告訴你！」滑拉巴唧似乎很怕蚊子，趕緊用手遮住鼻子說，「鉤鉤自從到虎山上，就想回來找我，老虎也有意把她送回來。可是那個糟老頭子給老虎出了主意，叫他留住鉤鉤，給山上的小老虎們做衣裳，洗襪子什麼的。於是老虎就變了卦，天天假意地帶著她逛山，給她拿樹葉做了件花袍子，又給了她許多玩意兒。可是鉤鉤還想回家，老虎就又和糟老頭子要主意，糟老頭子就偷偷地給鉤鉤一碗迷魂藥兒喝。」

「什麼是迷魂藥呀？」小坡問。

「就是龍井茶裡對點霜淇淋！喝了這個，她就把家也忘了，把我也忘了，把什麼都忘了，一心願住在山上！你說怎麼好？！」

「可憐的鉤鉤！喝龍井霜淇淋！」小坡低聲兒說。

「怎麼辦呢？」滑拉巴唧沒有注意小坡說什麼。

「咱們走哇，打倒老虎去！」

「不行啊！幹不過他呀！」

「咱們不會向他捏鼻子嗎？他最怕那個，是不是？」小坡問。

「捏鼻子也沒用了！糟老頭子給他出了主意：叫老虎向我捏鼻子！你不知

道，老虎捏鼻子比什麼也可怕！」滑拉巴唧說著，直打冷戰。
「糟老頭子是老虎什麼人呢？他為什麼不在三多家裡，去到虎山呢？」
「他是老虎的老師，白天他教三多，晚上做夢的時候就來教老虎。老虎不怕別人，就是怕他，糟老頭子！」
「那麼現在咱們是做夢哪？」
「可不是！生命是夢的材料做成的，莎士比亞這麼說。你知道莎士比亞？」滑拉巴唧點頭咂嘴地說。
「知道！我喝過『莎士』汽水！」
「嘔！」滑拉巴唧頗有點佩服小坡的知識豐富。待了半天，他說：「小坡，你得想法子多多地找人去打老虎啊！」
「一定！」小坡想了半天，忽然想起來：「這麼辦吧，你在這裡等著我，我去找南星他們。南星會駛火車，也坐過火車。還有兩個馬來小姑娘也很有『杜撰兒』。妹妹仙坡也會出主意。」
「人越多越好呀！你去，我在這兒等著你！」
「這兒到底是什麼地方呢？」小坡問。

「那張地圖呢？」滑拉巴唧想起來。

「喲！喲！」小坡的臉紅得像個老茄子似的，「在狼山打仗，丟了！」

「好啦！以後只有狼們知道地名了，地圖一定被他們撿去了！這麼辦吧，你一直往東去，到了新加坡，再一直地回來直來直去，還不容易嗎？」

「不用拐彎兒行嗎？」

「行！小孩兒們都應當走直道兒！」

「那麼，我就走吧？」

「快去快回來！要是等我把鉤鉤忘了。你回來可也沒用了！」滑拉巴唧本想和小坡握手，無心中打了小坡一個耳瓜子。小坡也跳起來，給滑拉巴唧一掌。兩人分了手。

小坡踢著塊磚頭兒，踢一下，往前趕幾步；又踢一下，又往前趕幾步。這樣，不大一會兒，就到了新加坡的大馬路。正是半夜裡，街道兩旁的燈光很亮，可是除了幾個巡警，和看門的老印度，只看見些關著門的鋪戶，一點兒也不像白天裡那麼花哨好看。小坡心裡說：我要是趕明兒開個鋪子呀，一定要黑天白日老開著；關上門多麼不好看！

房脊上有些小貓，喵喵地叫著，大概是練習唱歌呢。小坡不由地叫出來；「二喜！二喜！你也在這兒唱歌哪？」等了會兒，小貓們全跑開了，他說：「二喜大概和妹妹一塊睡覺呢，趕緊走吧！」

走到了家，街門已經關好，小坡用頭輕輕一碰，門就軟乎乎地開了。他輕手躡腳地去找仙坡，仙坡正睡得很香，小鼻子翅兒一鬆一緊的有些響聲，嚇呼，嚇呼，嚇呼，小坡推了她一下，低聲地說：

「妹妹，仙！起來，到虎山去救鉤鉤，快！」

仙坡坐起來點了點頭，並沒睜眼。小坡把小褂給她披上。她一聲沒出，拉著小坡便往外走。

出了門，本想先找南星去，沒想到走了不遠，正遇上他。不只南星一個，兩個小印度（印度小姑娘可是沒在那兒），兩個馬來小姑娘，三多和妹妹，全在那塊學貓叫呢。

小坡喵了一聲。

大家看見小坡，全扭過頭去，給他個腦瓢兒看。小坡很納悶，為什麼大家這樣對待他。

「不用理他！不跟他玩！」南星細聲細氣學著貓的腔調，這樣故意的賣嚷嚷。

「過生日，不告訴我們一聲兒，一個人把好東西都吃了！」兩個小印度幫著腔兒。

仙坡睜開一隻眼，過去問兩個馬來小妞：「是不是二喜告訴你們的？」

兩個小妞彼此看了一眼，一齊說：「要不是二喜來告訴我們，今天是小坡的生日，我們還想不起學貓叫呢。」好像過生日和學貓叫大有關係似的。

「趕明兒糟老頭子過生日，我又得給他磕頭！」三多哭喪著臉說。

「頂好乘磕頭的時候，爬過去，咬他腳面兩口！」南星說，看著小坡。

「我現在就敢去打糟老頭子，你們誰有膽子跟我一塊兒去？！」小坡問。

大家聽了，登時都向小坡伸出大拇指，似乎忘了不滿意他的過生日沒通知他們了。

「凡是你敢去的地方，我就敢去！」南星嚷著說，一高興也忘了細聲地學貓叫了。

「糟老頭子沒在家，你們去也是白去。」三多說。

「我自然知道他在哪裡呢！」小坡說。

「他許又上虎山啦吧？」三多的妹妹問她哥哥。

三多點了點頭，然後仰著頭看了看天上的星星，說：「哼，現在他正教小老虎們算術呢！」

「可惜張禿子沒來，他最會和算術先生搗亂！七七是兩個七什麼的。」小坡自言自語地說。

「你們說的都是哪兒的話呀？一點不懂！不懂！」南星很著急地說。「大家站成個圓圈，聽我告訴你們。」小坡說。

大家站成個圓圈，都手拉著手兒，聽小坡說，他一五一十地把滑拉巴唧和鉤鉤的事兒告訴了他們一遍。

南星聽得真高興，跳起來喊：「咱們走呀！打呀！反正糟老頭子在虎山，不能還帶著大煙袋；只要沒大煙袋，咱一點也不怕他！走呀！」

「沒有大煙袋，可是有老虎呢！」兩個馬來小妞慢慢地說。

「我準知道老虎比大煙袋厲害！」一個小印度補了這麼一句。

「那裡要是有四眼虎，我可不敢去！」仙坡拉著馬來小妞的手說。

「你們不去，就回家睡覺去，我一個人去，看老虎把我怎樣得了！」南星拍著胸脯，大有看不起他們的神氣。

「去是一定要去的，可是咱們得先商量個辦法。」小坡說。

「得先商量個辦法！」大家，除了南星，一齊這麼答腔兒。

大家全仰著頭想主意。天上的星星都向他們擠眼，他們也向星星們擠眼，誰也想不出高明招兒來。

「你們知道老虎的事兒，說話呀！」小坡對兩個小印度說。

「知道老虎，可是沒和老虎打過仗，對不起呀！」兩個小印度很客氣地回答。

「你們呢？」小坡問兩個馬來小姑娘。

「我們哪？」她們彼此看了一眼，慢慢地說，「有主意，就是不告訴你們！」

「不告訴我們，從此再不背著你們上學了！」南星嚇嚇她們。

她們又彼此看了一眼，「那麼，咱們告訴他們吧？」兩個同時點了點頭，一齊對仙坡說，好像不屑於跟男孩兒們說話似的：「咱們都變成小老虎，偷偷混進虎山去。和小老虎們一同學算術。然後咱們跟糟老頭子搗亂。小老虎們也一定學我們的樣子。老頭子一生氣，必定打他們；把他們打急了，他們還不咬老頭子？把老頭子咬壞，大老虎就沒有幫手了。這樣，我們不是可以救出鉤鉤來嗎？」

大家聽了，一齊鼓掌。馬來小妞們仰頭看著天，態度非常的傲慢。

南星慌忙跪在地上，搖晃著腦袋，不住地叫「變！變！」

「知道老虎是什麼樣兒嗎？就變？」馬來小姑娘撇著嘴說。

「父親說過：照貓畫虎。咱們先變成貓，大概就離虎不遠了！」小坡提議。

「來！變！」南星真變成一隻大黑貓。

「再變大一點！再加上點黃毛兒！」兩個小印度給南星出主意。

一展眼的工夫，大家全變成大貓。

三多變得很好，可惜只有一隻眼睛，因為他是按著家中老貓的樣子變的。

十七　往虎山去

大家變成貓，高興得了不得，一齊喵了一聲。這一叫不要緊哪，喝！四面八方，房脊上，樹枝上，牆上，地上，全喵起來了，大概新加坡所有的貓，老的，少的，醜的，俊的，黑白花的，通身白的，一個沒剩，全來了！這群貓全撅著尾巴往前走，不大一會兒，就把小坡們給圍在中間，裡三層，外三層，圍得水泄不通。圍好之後，他們全雙腿兒坐下，把一個前腿舉到耳旁，一齊說：「推舉代表！」說完，把前腿放下去，大家開始你擠我，我推你，彼此亂推。推了半天，把前面的一隻瘦而無力的老貓給推出去了。大家又一齊喊：「代表推出來了，去，跟他們交涉！」

南星看著這樣推舉代表有點可笑，趕緊給他們鼓掌，可惜手已變成貓掌，軟乎乎的怎麼也拍不響，於是他又高聲地喵了兩聲。

「不要吵！不許出聲！」那個瘦貓代表瞪著南星說。然後，慢條斯理地走過來，聞了聞小坡們的鼻子，說：「你們的代表是誰？」說話的時候，幾根稀鬍子撅撅著，耳朵輕輕地動彈，神氣非常的傲慢。

「我們都是代表！」小坡們一齊說。

「都是代表？」老貓往四周看了一眼，似乎是沒了主意。

「都是代表就省得推了！」一個狐狸皮的貓說。

老貓點了點頭，喉中了半天，說：「你們好大膽子呀！沒有得我們的允許，就敢變成貓，還外帶著變成很大的貓！冒充大貓，應當何罪！啊！」老貓似乎越說越生氣，兩眼瞪得滴溜兒圓，好像兩個綠珠子。

四外的貓們聽了，非常得意，嗓子裡全響起來。

「跟他們打呀！」南星向小坡嘀咕。

「他們人太多呀！」小坡低聲說，然後問兩個馬來小妞，「你們有主意沒？」

「咱們先洗臉吧，一邊洗一邊想好主意；也許他們一看咱們會洗臉，就以為咱們是真貓了。」她們揪著小坡的尾巴說。

「洗臉哪！」小坡下了命令。

大家全抬起前掌來，沾了點唾沫，從耳後滑到鼻梁，又從耳梁繞到耳後，洗得頗有趣味；一邊兒洗一邊想逃走的主意。

南星想不起主意，一著急，把兩條前腿全抬來，按著在家中洗臉的樣兒，兩手齊用，東一把西一把地洗起來。

「看哪！」老貓向四圍笑了笑，說，「可有兩手一齊洗臉的貓？！我們怎麼辦？還是咬下他們的耳朵呢，還是咬下尾巴，叫他們當禿貓呢？」

仙坡忙著把尾巴藏在身底下，雙手遮住耳朵，低聲地向小坡說：「二哥！快想主意呀！他們要咬耳朵呢！」

小坡不慌不忙地抬頭看了看樹上，又看了看房頂，忽然喊了一聲：「老鼠！」四圍的貓登時把耳朵全豎起來，腰兒躬著，眼睛往四外了。

「樹上一個！房上三個！」小坡指點著說。

貓們也沒等代表下命令，全爭著往樹上房上躥。

南星過去給貓代表一個嘴巴，扯起三多就跑。三多只有一隻眼睛看不清道路，一溜歪斜的直摔跟頭。

大家拚命地跑。乍變成貓，兩眼離地太近，都有點發暈。於是大家全閉上眼睛，瞎跑。

「二哥，」仙坡閉著眼，喘吁吁地問，「跑到哪兒啦？」

「睜開眼看哪！」小坡向大家說。

大家全站住了，睜開眼一看，面前是一座高山。山上滿安著電燈，把山道照得清清楚楚的，路旁的綠樹在燈光下擺動，好像一片綠雲彩似的。路上隔不遠兒，就有只長角的大梅花鹿，角上掛著指揮刀，大概是此地的巡警。

「這就是虎山吧？咱們找糟老頭子去呀！」南星非常的高興。

「等我先問巡警去。」小坡說。

「我也去！」南星說。

他們倆走上前去，向梅花鹿點了點頭。

「請問這是虎山不是的呀？」小坡很客氣地問。

梅花鹿咩了一聲。

「老虎學校在哪兒呀？」

鹿用大犄角向山左邊指了指，又咩了一聲。

「學校裡的教員是個糟老頭子不是？」南星問。

鹿又咩了一聲。

「老鹿你真有意思，我騎你一會兒行不行呀？」南星說著就要往起躥。

老鹿瞪了南星一眼，搖了搖頭。

「南星！好好的！」小坡說。

老鹿很客氣地向小坡咩了一聲。

小坡向老鹿行了個舉手禮，就往回走，南星在後面跟著，很不滿意小坡攔住他騎鹿。

「這兒是虎山不是呀？」仙坡問。

「是虎山，老虎學校就離這兒不遠。」小坡說。

「要是離老虎學校不遠的話呀，」三多想起糟老頭子的可怕，「我頂好回家去睡會兒覺。」

「你要愛睡覺哇，早就不該來！」兩個小印度一塊兒說。

三多不言語了，用那只瞎眼瞪了他們一下。

「你們還麻煩什麼呢，不快快地去打糟老頭子！」南星很著急地說。

「不行呀，咱們得先找滑拉巴唧去，沒有他，咱們怎認識大老虎和鉤鉤呢？」小坡說。

「那麼就找他去吧！」南星說。

「可是，他在那兒呢？」小坡因為瞎跑了一陣，忘了滑拉巴唧在什麼地方了。

「誰知道呢！」兩個馬來小姑娘酸酸的一笑。

「還得問巡警去，我看。」小坡說，臉上有點發紅。

大家沒說什麼，一齊上山道中找巡警。

見了掛刀的梅花鹿，大家一齊問。

「滑拉巴唧在哪兒呢？」

老鹿向他咩了一聲，不住地搖頭。

「得！老鹿也不知道！」南星說。

「老鹿怎就該知道呢！」兩個馬來小妞低聲地說。

「我們找他去吧！」小坡說。

「來，坐火車去，我開車！」南星跟著「門！」了一聲把梅花鹿嚇得直往起跳。

「又是你開車！要命也不坐火車！」兩個馬來小妞說。

「不坐，拉倒！我一個人開，更快！」南星說著就往山下跑，嘴中七咚七咚地響。

「南星！回來！你知道往哪邊去嗎？」小坡喊

「我不知道，你知道嗎？」南星回著頭兒嚷。

小坡沒有話可說。

「反正大家都不知道，就跟著南星跑吧，也許半道兒上遇見滑拉巴唧！」兩個小印度說著趕上前去，拉住南星的尾巴。

別人也沒有高明主意，只好全趕上去，拉著尾巴，一串兒往前跑。

「大家可往左右看著點呀，看見戴草帽的就是滑拉巴唧！」小坡在後面嚷。

大家往左一扭頭，往右一扭頭，不顧得再看前面。跑著跑著，南星的腦門正撞在一棵老樹上，幸而大家都變成貓，手腳伶俐，除了南星倒在樹根上，大家全七手八腳地上了樹。

南星腦門上碰了個大包，一邊用手摸，一邊叨嘮：「亂出主意！開火車不往前看著！哪有的事！哪有的事！」

大家由樹上跳下來，爭著用貓手給南星按摩腦門上的大包。急於給他的包兒按平了，大家未免用力過猛了些，咕哧一聲，把腦門上的包按到腦勺兒上去。「好了！好了！」大家一齊說。

南星摸了摸腦門，果然平了，也就不去管腦後是腫著還是平著，又預備好開車的架勢。

「別開車了，這樣一輩子也找不著滑拉巴唧。」小坡向大家說。

「怎麼辦呢？」大家一齊問。

「咱們坐在這兒等他好啦，反正他得到虎山來，是不是？」小坡蹲在一塊石頭上說。

「也好。」兩個馬來小妞說，她們是最不喜歡坐火車的。

大家都背靠背兒坐在大石頭上，石頭有點兒涼，於是全把尾巴墊在身底下。坐了一會兒，涼風兒吹來，大家全有點發困。南星是頭一個，把頭低下去，閉上眼睛。待了會兒，他又慢慢地臥下去，把嘴藏在胸前的厚毛上，穩穩當當地睡去。大家也照著他的樣兒，全臥下去睡。

仙坡沒有十分睡熟，聽見地上噗咚噗咚地輕輕地響。她慢慢睜開眼，偷偷地往外看。可不得了，有四五個小老虎（長得和貓差不多，可是「個子」大，脖子粗，眼睛像小電燈似的發光），全背著書包，戴著童子軍帽，向他們走來，仙坡連一根毛也不敢動彈，只是偷偷地看著：小虎們走到他們前面便站住了。仙坡趕緊閉上眼，不敢再看，聽著小虎們說話：

「這些小孩是幹什麼的呢？」

「也是學生吧？」

「不能，沒有書包呀！」

「也許不是虎，看他們的身量多小啊！」

「還有個瞎子！看！」

仙坡偷偷地睜開一隻眼看，所以小老虎以為她是瞎子呢。她趕緊把眼閉上，聽著：

「問問他們是幹什麼的，好不好？」

「先把他們圍好，別叫他們跑了！」

小虎們把他們圍好，一齊嚷：「別睡哩！你們是幹什麼的？說！」

大家全醒過來，愣眼巴唧地看著小虎們。

「說話呀！」小虎們說。

「你問我們哪？」南星說，「我們問誰呢？」

小老虎們全摘了帽，抓了抓頭，似乎不大明白南星的話。

「我們是小老虎！」小坡說。

「你們的書呢？」小虎中的一個問小坡。

「書？在學校裡呢。」

小虎們嘀咕了半天，有一個由書包裡掏出一本黃皮書來，掀了幾篇，問小坡：「你們的第七課是什麼？」

「第七課？」小坡想了半天，「你們的第七課是什麼？」

「我就始終沒念到第七課！」南星插嘴說。

「聽著！」小虎瞪了南星一眼，然後有腔有調地念：「第七課：人，貓，狗，都好吃！捉住一個吃一個，捉住兩個吃一雙。吃完了，肚兒圓，嘴兒光！」小虎念完，把書放在地上，抿著嘴笑了一陣。

仙坡嚇得心裡真哆嗦。兩個馬來小妞擠在一塊，不敢出聲。

「我們的第七課不是這樣！」小坡高聲地說，「你們聽著！第七課：糟老頭子，真好吃！捉住一個吃一個，捉住——有兩個沒有呢？」他回頭問南星。

「三多知道！」南星說。

「有一個就夠受的了，還要兩個？」三多顫著聲兒說。

「捉住一個吃一個，捉住兩個，捉不著兩個，因為只有一個！捉不著，吹，拉倒，稀里嘩啦一大堆！」小坡說完，吹了對面小虎的鼻梁兒一下。

小老虎們聽了這課書，大家又嘀咕起來。老虎的脖子粗，氣兒壯，雖然是嘀咕，聲兒可還不小：

「他們敢吃糟老頭子！」

「敢吃糟老頭子！！」

「膽量不小！」

「可佩服！」

「叫他們跟咱們一塊兒玩吧？」

「一定！請他們教給咱們怎麼吃糟老頭子？」

「沾點醬油醋什麼的，也許不難吃？」

「頂好加點咖哩，辣辣的！」南星答了腔。

「他們願意跟咱們玩嗎？」一個老虎小姑娘說。

「當然願意！」小坡很客氣地說。

「那麼，就請吧，請到我們山洞裡，玩一玩去！」

「請！請！」小坡們說。

十八　醒了

小老虎們看著雖然個子很大，可是歲數都很小，說話行事有些「傻拉光雞」的。南星是多麼糊塗啊，可是跟小虎們一塊兒玩，他居然顯出很聰明鬼道的樣兒來。至於小坡，那更不用說了，他出口氣兒，都好似，在小虎們看，有頂大的價值和作用。仙坡和兩個馬來小妞也十分叫好，小虎們爭著管她們叫姐姐。三多的妹妹向來是大氣不出的老實頭，也居然敢叫小虎們稱呼她作姑姑！

他們在山洞裡玩了半天「摸老瞎」，——三多老做瞎子。因為他只有一隻眼，又跑得慢，始終捉不到別人。把「摸老瞎」玩膩了，小虎們請小坡畫圖，於是他得意非常地畫了一山洞的小兔兒。

「到你們的學校去看看，好不好？」南星看小坡畫兔看厭煩了，這樣問。

「不用！好容易剛出來，再叫糟老頭子給捉進去，可不是玩的！」小虎們說。

「不要緊哪，咱們跳在牆頭上看一看，不用進去呀！」南星是急於找著糟老頭子，看看他怎樣教老虎們念書。

「你們去吧，我在這裡等著。」三多的心裡怕糟老頭子。

「不必害怕，三多，有我呢！」小坡說。

三多擠咕著瞎眼睛，低聲兒說：「你們一定叫我去，就去吧！」

大家出了山洞，順著山路走，路上的鹿巡警已經全臥在路旁打盹兒。南星看出便宜來，跳上鹿背騎了一會兒，老鹿也沒言語。

老虎學校是在一個山環裡，門口懸著一塊大木匾，上面寫著校訓（是糟老頭子的筆跡，三多認識）：「不念就打！」他們跳上牆去往裡看：校門裡有一塊空地，好像是運動場，可是沒有足球門，籃球筐子什麼的，只有幾排比胳臂還粗的木樁子，上面還拴著幾條小虎。他們都落著淚，在樁子四圍亂轉。

「老頭子又生氣了！」牆上的小虎們低聲地說，「看，他們還在這兒拴著呢，大概是沒算上算學題目來，不准回家吃飯！」

這片空場後面，是一個小樹林，樹上正開著些白花。小坡往四外看了半天，找不到講堂，他問小虎們：「講堂呢？」

「這就是呀！」小虎們指著那塊空地說，「那些木樁便是我們的座位，一進學校門，老頭子就把我們拴上，多咱背上書來，多咱放開。」

「嘔！」小坡心中也有點害怕。

「小坡！小坡！」從牆根下發出這個聲音。

「誰呀？」小坡輕輕地問。

「我！」好像滑拉巴唧的聲兒。

小坡探著頭兒看，可不是，滑拉巴唧在靠牆根的一根木樁上拴著呢。

「你怎麼叫人家給捉住啦？」小坡問。

「先把我放開再說吧！」滑拉巴唧委委屈屈地說。

「誰帶著刀子呢？去把他的繩子割斷了！」小坡問。大家一齊搖頭。

「你們戴著童子軍帽兒，怎麼不帶刀子呢？」小坡問小虎們。

「我們的牙比刀子還快，幹什麼還帶刀子？」小虎們很得意地說，說完，全張開大嘴，露出白牙來。

「快一點呀！」滑拉巴唧在底下央求。

「你們下去咬斷他的繩子呀！」南星向小虎們說。

「萬一叫糟老頭子看見呢！」他們這樣推辭。

三多聽見他們說糟老頭子，打了一個冷戰，整個的「毛朝下」由牆頭掉下去了，正掉在滑拉巴唧的脊梁上。滑拉巴唧拉住三多說：「你要是沒帶刀子呀，咱們倆就一齊往起活動這個木樁，把木樁拔起來，我也就可以跑啦。」

「就是拔起木樁，繩子不是還在你脖子上拴著嗎？」三多問。

「那你就不用管啦！」滑拉巴唧很著急地說。

三多沒再說什麼，同滑拉巴唧一齊用力搖動木樁子。

小坡和南星的膽子大，也跳下去幫著他們。人多好辦事，不大的工夫，木樁已有些活動氣兒了。大家繼續用力搖，小坡低聲喊著，左！右！左！右！好叫大夥兒一齊向同一方向用力。南星不大辨得清左右，於是他接過來叫：瞎子！滑拉巴唧！瞎子！滑拉巴唧！因為三多是站在左邊，滑拉巴唧站在右邊。

一來二去，他們把樁子拔出來了。小坡們先跳上牆去，滑拉巴唧把木樁往起一扔，他們在上面接住，然後大家像提汲水的罐子一樣，把他給拉上來。他喘了一口氣，轉了一回眼珠，趕緊地說：「快跑哇！老頭子一會兒就回來！」

大家跳下牆去，撒腿就跑。滑拉巴唧叫木樁和大麻繩給贅住，一邁步便摔了個大跟頭。

「你們得背著我呀！」他躺在地上求救。

「你那麼大個兒，誰背得動呀！」大家一齊說。

「頂好放風箏吧！」兩個馬來小妞出了主意。

「對！」南星首先贊成。

大家拿起木椿，跑出幾步，把繩子拉直，一齊喊：「起！」喝！真有趣！眼看著滑拉巴唧起在空中，雙手平伸，腿兒撇著一點，真像個大風箏。大家非常高興越跑越快，繩子也越放得直。跑著跑著，只聽「哎喲」一聲，大家忙回頭看：滑拉巴唧的兩腿騎在一個大樹枝上，腦袋頂著一對睡覺的烏鴉！大家忙往回跑，鬆開繩子，七手八腳地爬上樹去，把他給救下來。

滑拉巴唧飛了半天，頭有點發暈，掙扎著說：「別跑了！別跑了！先歇一會吧！」

大家圍著他坐下。南星和三多們以前都沒見過他，仔細地端詳，一邊看還一邊批評：「眼珠兒轉得真靈通！」「摔跟頭也真脆！」「當風箏也不壞！」……

「別胡說啦！」小坡恐怕滑拉巴唧挑眼，喝住他們，然後問他：「滑拉巴唧，你怎麼叫老頭子把你拴起來了？」

「我等你，你老不回來，一著急，我一個人來了。正趕上老頭子教數學，我就偷偷地坐在牆根底下了。哪知道，又被他看見了，他問我：一個蘋果兩人吃，一人該吃多少？」

「自然是一個人吃一半！」大家一齊顯聰明。

「怎會是一半？我說的是：誰能搶，誰多吃一口，不一定！」

「有理呀！」大家以為這個答案非常的高明。

「有理！」他含著淚說，「老頭子可炸了呢！沒容分說，三下兩下把我拴在木樁上了；外帶著拴得真結實，把手指頭磨破了，也解不開扣兒！」

「現在他在哪兒呢？」小坡問。

「他又給鉤鉤迷魂藥喝去了！可憐的鉤鉤！」

「可憐的鉤鉤！」大家一齊說。

「咱們找她去，好不好？」小坡問。

「萬一遇見了老頭子，他硬掐額脖地灌咱們迷魂藥兒，怎麼好呢？」滑拉巴唧說，落下一整串眼淚。

「那倒不要緊，」小虎們說，「咱們找些東西蒙上嘴，就灌不下去了！」

大家一齊立起來，不約而同地把滑拉巴唧的褂子脫下來，一人由褂裡上撕下一條布來，把嘴嚴嚴地蒙好。

「走呀！」南星用力喊，因為嘴蒙得很緊，說話有些不方便。滑拉巴唧認識路，在前面走，大家在後邊跟著，扛著他的木樁和大繩子，免得叫他跌倒。

過樹林，爬小路，走了半天，到了一個小山洞。洞裡燈光還亮著，裡邊出來些歌聲，聽著很清亮悅耳。洞外的小樹全好似低著頭兒聽唱，已經聽入了神，葉兒連動也不動。

「鉤鉤唱呢！」巴唧回頭告訴他們。

大家都擠在洞口往裡看，果然有個一朵花似的大姑娘，伸著又白又長又香軟的脖兒唱呢。她身上披著件用半紅的樹葉做成的衫子，頭上戴著個各色野花組成的花冠，腳兒光著，踩著一塊很花哨的豹皮。

「鉤鉤！鉤鉤！」滑拉巴唧低聲地叫。

鉤鉤忽然不唱了，說：「又是你呀？三番五次地來找我，討厭不討厭啦？！」

「她又喝了迷魂藥！」滑拉巴唧對大家說。

「你過去親親她的腦門，迷魂藥就解了！」小老虎們出了主意。

滑拉巴唧輕輕地進去，抱住鉤鉤，在她腦門上吻了一下。果然，鉤鉤醒過來，拉著他的手說：「嘔！滑拉巴唧！這是什麼地方呀？」

「山洞！」大家一齊回答。

「嘔！咱們快回家吧！我不願意住山洞！我的鞋呢？」她看著自己的白腳，一個勁兒問，「我的鞋呢？」

大家全低著頭找，並找不到她的鞋。

「找些樹葉包上好啦！」小坡說。

「頂好是香蕉葉子，要是椰子葉兒可有點刺鬧的慌！」仙坡說。

正在這個當兒，他們忽然聽見有人咳嗽了一聲，跟著，有人高聲地說話。他們全閉著氣聽：

「我問他兩個人分一個蘋果，一人該分多少。你猜他說什麼？不一定！不一定？好！拴上！永遠不放！」

「就得這樣懲治他們，這群小孩子們！一天到晚亂吵，不愛念書！拴上！永遠不放！」

「壞了！糟老頭子！」三多聽出語聲來，嚇得直往洞裡退。

「壞了！父親來了！」小老虎們低聲地說，說完就往樹後邊跑。

「打呀！」南星摩拳擦掌地說。

「不能打呀！幹不過他們哪！」滑拉巴唧說。

當！當！當！

「老頭子在石頭上磕煙袋呢！」三多的妹妹說。

「跑哇！」南星聽見大煙袋響，也著了慌。

鉤鉤也不顧得找鞋了，光著腳就往外跑，拉著滑拉巴唧。

「放風箏啊！」兩個馬來小妞說，「滑拉巴唧，快跑！」

滑拉巴唧和鉤鉤往前跑，小坡們騎上木椿，「起！」起在半空中。

小坡耳旁忽忽地直響，在空中左一歪，右一閃，飄飄搖搖，飄飄搖搖，心中似乎是明白，又似乎有點發糊塗。

繩兒忽然彎下去，他落下許多來，腳指頭擦著樹梢兒。繩子忽然拉直了，他又飛上去，一抬手就可以摸著星星。

落，落，落，心中有點發虛。

起，起，起，腦袋有些發脹。往左一歪，往右一閃，又有些發暈。

有時候，一直的往下落，好像一片樹葉，無依無靠地往下飄，手腳也沒了勁，隨著風兒飄，越落下面越深，怎麼也看不見地。哎呀，哎呀，又高起去了，剛一喘氣，忽——又頭朝下落下來了！

飛著飛著，滑拉巴唧不見了，只有那根繩兒在空中飄著。小坡想抓住繩子，哼！東撈一把，西抓一下，怎麼也夠不著。

「仙！仙！南星！」他用力地叫。

沒有人答應！

哎呀！下面敢情是大海！黑咕隆的大海！怎麼辦！

身子一直往下落，眼看著就擦著水皮了！

登時出了一身熱汗，要喊也喊不出來。

「壞了！」好容易由胸口擠出這麼兩個字。氣舒了一些，用力一挺身，往平了一蹬腳，醒了！

嘔！原來是作夢呢！

小坡坐起來，揉了揉眼睛，想了會兒，趕緊拿起枕頭來：還好！那塊紅綢子寶貝還在那兒！

「記得把紅綢子扔了，扔在了哪兒呢？想不起來了！真有趣！什麼時候再過生日呢？過生日做夢都特別有意思！張禿子也不是到底又做了猴王沒有？……」

「仙！仙！」他叫了兩聲。

仙坡還睡得怪香的呢。

「別叫了，叫她好好睡吧！仙，你睡吧，我不吵你！」

小坡真是愛妹妹的！

小木頭人

按理說，小布人的弟弟也應當是小布人。哦，這說得還不夠清楚。這麼說吧，小布人若是「甲」，他的弟弟應該是小布人「乙」。

不過事情真奇怪，小布人的弟弟卻是小木頭人。他們的媽媽和你我的媽媽一樣，可是不知怎的，她一高興，生了一個小布人，又一高興生了個小木頭人。

小布人長得很體面，白白胖胖的臉，頭上梳著黑亮的一雙小辮兒，大眼睛，重眉毛，紅紅的嘴唇。就有一個缺點，他的鼻子又短又扁。他的身上也很胖。因為胖，所以不怕冷，他終年只穿一件大紅布兜肚，沒有別的衣服。他很有學問，在三歲的時候，就認識了「一」字，後來他又認識了許多「一」字。不論「一」字寫得多麼長，多麼短；也不論是寫在紙上，還是牆上，他總會認得。現在他已入了初中一年級，每逢先生考試「一」字的時候，他總考第一。

小木頭人沒有他哥哥那麼體面。他很瘦很乾，全身的肌肉都是棗木的。他打扮得可是挺漂亮：一身木頭童子軍服，手戴木頭手套，足登木頭鞋子，手中老拿著一根木棒。他的頭很小很硬，像個流星錘似的。鼻子很尖，眼睛很小，兩顆木頭眼珠滴溜溜得亂轉——所以雖然瘦小枯乾，可是很精神。

哦，忘記報告一件重要的事！你或以為小木頭人的木頭衣服，也像小布人的紅兜肚一樣，弄髒了便脫下來，求媽媽給他洗一洗吧？那才一點也不對！小木頭人的衣服不用肥皂和熱水去洗，而用鉋子刨。他的衣服一年刨四次，春天一次，夏天一次，秋天一次，冬天一次，一共四次。刨完了，他媽媽給他刷一道漆。春天刷綠的，夏天刷白的，秋天刷黃的，冬天刷黑的；四季四個顏色。他最怕換季，因為上了油漆以後，他至少要有三天須在胸前掛起一個紙條，上寫「油漆未乾」。假若不是這樣，別人萬一挨著他，便粘在了一塊，半天也分不開！

小布人和小木頭人都是好孩子。不過，比較起來嘛，小木頭人比小布人要調皮淘氣些。小布人差不多沒有落過淚，因為把布臉哭濕，還得去烘乾，相當的麻煩。因此，他永遠不惹媽媽生氣，也不和別的孩子打架，省得哭濕了臉。小木頭人可就不然了。他非常的勇敢，一點也不怕打架。一來，他的身上硬，不怕打，二來，他若是生氣落淚，就更好玩——他的眼淚都是圓圓的小木球，拾起來可以當彈弓的彈子用。

比起他的哥哥來，小木頭人簡直一點學問也沒有，他連一個「一」字也不識！他並非不聰明，可就是不用功。他會搭橋，支帳篷，練操，埋鍋造飯；乾脆地說吧，凡是童子軍會的事情他都會。對於足球、籃球、賽跑、跳高，他也都是頭等的好手。他還會游泳，而且能在水裡摸上一尺多長的魚來。可是他就是不喜歡讀書，他的木頭眼珠有點奇怪，能看見書上畫著的小人小狗，而看不見字。入小學已經三年多了，他現在還是一年級的學生。先生一考他，他就轉著眼珠說：「小人拉著小狗，小人拉著小狗。」一為有點變化，他有時候也說：「小狗拉著小人。」他永遠背不上書來。先生並不肯責打他，因為知道他的眼珠是木頭的，怪可憐。況且他做事很熱心，又會踢球、賽跑，先生想打他也有點不好意思了。小木頭人很感激先生，所以他老遠看到先生就鞠躬，有時候鞠得度數太大，就跌在地上，把小尖鼻子插在土裡，半天也拔不起來。

在家裡，媽媽很喜愛小布人，因為他很規矩、老實、愛讀書。媽媽也很喜愛小木頭人，因為他很會淘氣。小木頭人的淘氣是很有趣的。比方說吧，在沒有孩子和他玩耍的時候，他會獨自想法兒玩得很熱鬧。什麼到井臺上去吸水呀，把媽媽的大水缸都倒滿。什麼用掃帚把屋子院子都收拾得乾乾淨淨呀，好叫檢查清潔的巡警給門外貼上「最整潔」的條子。什麼晚上蹲在牆根，等著捉偷吃小雞的黃鼠狼子呀——要是不捉到黃鼠狼子呢，起碼捉來兩三個蟋蟀，放在小布人被子裡，嚇得小布人亂叫。

這些有趣的玩耍都使媽媽相當地滿意。不過，他也有時候招媽媽生氣。例如，把水缸倒滿，他就跳下去練習游泳，或是掃除庭院的時候，順手把媽媽辛辛苦苦種的花草也都拔了去，媽媽就不能不生氣了。特別是在晚上，他最容易招媽媽動怒。原來，小木頭人是和小布人同睡一張床的。在夏天，小布人因為身上很胖，最怕蚊子，所以非放下帳子來不可。小木頭人呢，一點也不怕蚊子，他願意推開帳子，把蚊子誘來，好把蚊子的尖嘴碰得生疼。可是蚊子也不傻呀。它們看見小木頭人就趕緊躲開。儘管小木頭人很客氣地叫：「蚊子先生，請來咬我的腿吧！」他們一點也不上當。嗡嗡的，它們彼此打招呼，一齊找了小布人去，把小布人叮得沒辦法，只好喊媽媽。媽媽很怕小布人讓蚊子咬了，又打擺子。小布人一打擺子就很厲害，媽媽非給他包奎寧餡的餃子吃不可；多麼麻煩，又多麼貴呀！你看，媽媽能不生小木頭人的氣嗎？

冬天雖然沒有蚊子，可是他們兄弟的床上還是不十分太平。小布人睡覺很老實，連夢話也不說一句。小木頭人就不然了，睡覺和練操一樣：一會兒「拍」一，把手打在哥哥的胖腿上，一會兒「噗」一，把被子登個大窟窿，讓小布人沒法兒好好地睡。小布人急了就只會喊媽媽，媽媽便又生了氣。

媽媽儘管生氣，可是不能責打小木頭人，因為他身上太硬。媽媽即使用棍子打他，也只聽得拍拍地響，他一點也不覺得疼。這怎麼辦呢？媽媽可還有主意，要不然還算媽媽嗎？不給他飯吃！哎呀，這一下子可把小木頭人治服了。想想看吧，小木頭人雖然是木頭的，可也得吃餃子呀，炸醬麵呀，雞蛋糕和棒棒糖什麼的呀。他還能光喝涼水不成麼？所以，一聽媽媽說：「好了，明天早上沒有你的燒餅吃！」小木頭人心裡就發了慌，趕緊搭訕著說：「沒有燒餅，光吃油條也行！」及至聽見媽媽的回答──「油條也沒有」──他就不敢再說一聲，乖乖地把胳臂伸得筆直，再也不碰小布人一下。有時候，他急忙地搬到床底下去睡，順手兒還捉一兩個小老鼠給街坊家的老花貓吃。

可是，話又說回來了：小木頭人雖然淘氣，不怕打架，但決不故意欺侮人。每次打架，雖然他總受媽媽或老師的責備，可是打架的原因絕不是他愛欺侮人。他也許多打了人家兩下，或把人家的衣服撕破了一塊，但是十之八九，他是為了抱不平。這麼說吧，比如他看見一個年歲大一點的同學，欺侮一個年歲小的同學，他的眼睛立刻就冒了火。他一點也不退縮地和那個大學生死拚。假如有人說他的哥哥，媽媽或先生不好，那就必定有一次劇烈的戰爭。打完了架，他的小鼻子歪到一邊去，身上的油漆劃了許多條道子，有時候身上臉上都流出血來（他的血和松香油似的，很粘很稠，有點發黃色），真像打完架的狗似的。他是勇敢的，要打就打出個樣子來。

更值得述說的是有一次早晨升旗的時候，小木頭人的旁邊的一個爛眼邊的孩子沒有向國旗好好敬禮。這惹惱了小木頭人。他一拳把爛眼邊打倒在地上。學長和老師都說他不該打人。可是他們也說小木頭人是尊敬國旗的好孩子。因為打人，校長給小木頭人記了一過；因為尊敬國旗，校長又給他記了一功。

知道尊敬國旗，便是知道愛國。小木頭人很愛國。所以呢，咱們不再亂七八糟地講，而要專說小木頭人愛國的故事了。

小木頭人的舅舅是小泥人。這位泥人雖然身量很小，可是的的確確是小木頭人的舅父，所以小木頭人不能因為舅父的身量小，而叫他作哥哥。況且，小泥人也真夠做舅舅的樣子，每逢來看親戚，他必給外甥買來一堆小泥玩意兒——什麼小泥狗，小泥馬，小泥駱駝，還有泥做的高射炮和坦克車。小木頭人和小布人哥兒倆，因此，都很喜歡這位舅父。

舅父的下巴上還長著些鬍鬚，也很好玩。小木頭人有時候扯著舅父的鬍子在院中跑幾個圈，舅父也不惱。小泥人真是一位好舅舅！

不幸啊，你猜怎麼著，泥人舅舅死啦！怎麼死的？哼，讓炸彈給炸碎了！小泥人生來就不結實，近幾年來，時常地鬧病，因為上了年紀啊。有一天，看天氣晴和，他換了一件藍色的泥棉袍，買了許多的泥玩意兒，來看外甥。哪知道，走到半路，遇上了空襲。他急忙往防空洞跑。他的泥腿向來就跑不了很快，這天又忘了帶著手杖。好，他還沒跑到防空洞，炸彈就落了下來！炸彈落得離他還有半里地，按說他不應當受傷。可他倒在了地上，身上的泥全被震成一塊一塊的了！

這個不幸的消息傳到小木頭人的家中，媽媽哭得死去活來。小布人把布臉哭得像掉在水裡一般。小木頭人的木頭眼淚落了一大簸籮。

啼哭是沒有用處的，小木頭人知道。他也知道，震死泥人舅舅的炸彈是日本人的。他要報仇。他愛他的舅舅，也更愛國家。舅舅既是中國人，哪可以隨便地挨日本的炸彈呢？他要給舅舅報仇，為國家雪恥！

小木頭人十分勇敢。說報仇就去報仇，沒有什麼可商量的。他急忙去預備槍。子彈不成問題，他有許多木頭眼淚呢。槍可不容易找。他聽老師說，機關槍最厲害，所以想得一架機關槍。哪裡去找呢？這倒真不好辦。不過，他把機關槍聽成了雞冠槍，於是他就想啊，把個雞冠子放在槍上，豈不就成了雞冠槍麼？好啦，就這麼辦。他找了個公雞冠子，用繩兒捆在自己的木槍上再把木頭眼淚都放在口袋裡，他就準備出發了。

小木頭人的衣帽本是童子軍的樣式，現在一手托槍，一手拿著木棍，袋中滿裝子彈，看起來十分的英武。他不願讓媽媽知道，怕她不許他去當兵。他只告訴了小布人，並且讓哥哥起了誓，在他走後三天再稟知母親。小布人雖然膽子小一點，但也知道當兵是最光榮的事；便連連點頭，並且起了誓。他說：

「我若在三天以前走漏了消息，教我的小辮兒長到鼻子上來！」

他說完，弟兄親熱地握了手，他還給了弟弟一毛錢和一個雞蛋作盤纏。

小木頭人離開家門，一氣就走了五里地。他並不覺得勞累，可是他忽然站住了。他暗自思想，往哪裡去呢？哪裡有日本鬼子呢？正在這樣思索，樹上的鳥兒——他站住的地方原是有好幾株大樹的——說了話：「北，北，北，咕——」

小木頭人平日是最喜歡和小鳥們談話的，一聞此言，忙問道：

「你說什麼呀？鳥兒哥哥！」

這回四隻小鳥一齊說：「北，北，北，咕——」

「哦，」小木頭人想了想才又問，「是不是你們叫我向北去呢？」

一群小鳥同聲的說：「北，北，北，咕——」

小木頭人笑了：「好！多數同意，通過！」說罷，他向小鳥們立正，敬禮，就又往前走。

走了幾步，他又轉身回來，高聲問道：「請問，哪邊是北呀？」

這一問，把小鳥們都難住了。本來嘛，小鳥們只管飛上飛下，誰管什麼東西南北呢。小木頭人連問了三四次，並沒得到回答，他很著急，小鳥們覺得很慚愧，末了，有一位老鳥，學問很大，告訴了他：「北就是北！」

小木頭人一想，對呀，比方拿前面當作北，後面不是南麼？對！他給老鳥道了謝，就又往前走，嘴裡嘟囔著：「反正前面是北，後面就是南，不會錯！」

小木頭人在頭一天走了一百二十里。他的腿真快。這大概不完全因為腿快，也還因為一去報仇，在路上一點也不貪玩。要不怎麼小木頭人可愛呢，在辦正經事的時候，也就好好地去做，決不貪玩誤事。

天黑了。他走到一條小河的岸上。他捧了幾捧河內的清水，喝下去。河水是又清、又涼、又甜。喝完，他的肚裡咕碌碌地響起來，他覺得十分饑餓。於是，他就坐在一塊石頭上，把哥哥給的那個雞蛋慢慢地吃了下去。他知道肚中饑餓的時候，若是急忙吃東西就容易噎著，所以慢慢地吃。

天是黑了，上哪兒去睡覺呢？這時候，他有點想媽媽與布人哥哥了。但是一想起泥人舅舅死得那麼慘，他就把心橫起來，自言自語地說：「去打日本小鬼，還能想家麼？那就太沒出息了！」

向前望了一望，遠遠地有點燈光，小木頭人決定去借宿。他記得小說裡常有「借宿一宵，明日早行」這麼兩句，就一邊念著，一邊往前走。過了一座小橋，穿過一片田地，他來到那有燈光的人家。他向前拍門，門裡一條小狗汪汪地叫起來。小木頭人向來不怕狗，和氣地叫了聲「小黃兒」，狗兒就不再叫了。待了一會兒，裡面有了人聲：「誰呀？」小木頭人知道，離家在外必須對人有禮貌，就趕緊恭恭敬敬地說：「老大爺，請開開門吧，是我呀！」這樣一說，裡邊的人還以為是老朋友呢，急忙開了門，而且把小狗兒趕在一邊去。開門的果然是個老人，小木頭人的「老大爺」並沒有叫錯，因為他會辨別語聲呀。老人又問了聲「誰呀？」小木頭人立正答道「是我！」老人這才低頭看見了小木頭人，原來他並沒有想到來的是個小朋友。

「哎呀！」老人驚異地說，「原來是個小孩兒呀！怎這麼黑間半夜的出來呢？莫非走迷了路，找不到家了嗎？」

小木頭人含笑地回答：「不是！老大爺，我不是走迷了路，我是去投軍打日本鬼子的！你知道嗎，老大爺，日本鬼子把我的舅舅炸死了！」

老人一聽此言，更覺稀奇。心中暗想，哪有這麼小的人兒就去投軍的呢？同時，心中也很佩服這個小孩兒；別看他人小，志氣可是大呢。於是就去拉住小木頭人，往門裡讓。這一拉不要緊，老人可嚇了一跳：「我說，小朋友，你的手怎這麼硬啊？」

小木頭人笑了：「不瞞你老人家說，我是小木頭人呀！」

「什麼？」老人喊了起來，「小木頭人？小木頭人？」

「是呀，我是小木頭人！我來借宿一宵，明日早行！」小木頭人非常得意地用著這兩句成語。

「哎呀，我倒還沒招待過木頭人！」老人顯出有點為難的樣子。「我說，你不是什麼小妖精吧？」

「不是妖精！」小木頭人趕緊答辯。「不信，老大爺你摸摸我，頭上沒有犄角，身上沒有毛，後邊也沒有尾巴！」

這時節，院中出來一群人：一位老婆婆手中端著燈，一位小媳婦手中持著燭，還有一位大姑娘，和四五個男女小孩。大家把老頭兒與小木頭人圍在當中，都覺得稀罕，都爭著問怎回事。大家一齊開口。弄得誰也聽不見誰的話，亂成了一團。小木頭人背過身子，用手捂住嘴。大家忽然聽見敲鑼的聲音，一齊說：空襲警報！馬上安靜下來。小木頭人趕緊轉回身來，向大家立正，敬禮，像講演一般地說：「諸位先生，我是小木頭人，現在去投軍打日本，今天要借宿一宵，明日早行！」

人家聽明白了，就又一齊開口問長問短。老人喊了一聲「雅靜？」看大家又不出聲了，才說：「我們要先熄了燈，不是有警報嗎？」

小木頭人不由得笑出聲來：「那，那，那是我嘴中學敲鑼呀！不是真的！」

這樣一說，逗得大家又笑成了一團。

「雅靜！」老人喊了一聲，接著說：「現在我們怎麼辦呢？咱們沒有招待過木頭人呀！」

四五個小孩首先發言：「我們會招待木頭客人！教他和我們在一塊睡！」然後爭著說：「我的床大！」另一個就說：「我的床香！」說著說著就要打起來。

這時談老太太說了話：「誰也不要爭，大家組織一個招待委員會，到屋裡去商議吧！」

「好！好！好！」小孩一齊喊。然後不由分說，便把小木頭人抬了起來，往屋裡走。

不大一會兒，委員會組織好。老人做睡覺委員，專去睡覺，不用管別的事，因為上了年歲的人是要早睡的。老太太和小媳婦做烹調委員，把家中的臘腸臘肉和青菜都要做一點來，慰勞木頭客人。大姑娘做編織委員，要極快地給小木頭人編一雙草鞋，和一頂草帽。小孩們做宿室委員，把大家的床都搬到一處，擺成一座大炕，大家好和小木頭人都睡在一起，不必再起爭執。

熱鬧了半夜，大家才去睡覺。小木頭人十分感激，眼中落出木頭淚珠來。拾起木淚，送給孩子們每人兩個，作為紀念品。他雖是這樣地感激大家，大家可是還覺得招待不周。真的，誰不尊敬出征的人呢？出征的人都是英雄啊！

第二天清早，小木頭人便起來向大家告辭。大家一致挽留，小木頭人可不敢耽誤工夫，一定要走。一家老小見挽留不住，也就不便勉強，因為他們知道出征是最重要的事啊。大姑娘已把草鞋草帽編好，送給小木頭人，他把草鞋繫在腰間，草帽放在背上，到下雨的時候再去穿戴。老太太把兩串臘腸掛在他的脖子上，很像摩登小姐戴的項練，不過稍粗了一點而已。小媳婦給他煮了五個雞蛋，外加兩個皮蛋，兩個鹹鴨蛋。小孩兒們沒有好東西送給他，大家就用紅筆在他的草帽帽沿上寫了「出征的木人」五個大字。老人本想把自己用的長杆煙袋送給他，怎奈小木頭人並不吸煙。於是，忽然心生一計，說：「小木頭人呀，我替你寫封家信吧，好叫你媽媽放心。」

小木頭人很願意這麼做，就託老人替他寫，並且拿出兩個雞蛋，也請老人給貼上郵票寄給媽媽和哥哥。老人問他家住哪裡。他記得很清楚：「木縣，木頭村，第一號。」

老人寫完信，小木頭人用木頭嘴在紙面上印了幾個吻，交給老人替他交到郵局。而後，向大家一一敬禮、告辭。大家都戀戀不捨，送到門外。小孩子們和小狗一直送出二里多地，才灑淚而別。

小木頭人一路走去，甚是順利。因為他的草帽上有「出征」的字樣，所以到處受歡迎，食水宿處全無半點困難，而且有幾處小學校還請他講演。他雖沒有什麼了不起的口才，但是理直氣壯，也頗能感動人；有些小學生因給他拍掌，竟將手掌拍破；有些小學生想跟他一同到前方去，可是被先生們給攔住了。

走了一個星期，他還沒走到前線。小木頭人心中暗想：中國是多麼偉大呀，敢情地圖上短短的一條線就得走許多日子呀！在這幾天裡，他看見幾處城市都有被炸過的痕跡，於是就更恨日本鬼子，非去報仇不可。

走到第十天頭上，正是晌午，他來到一座大城，還沒進城，他就看見有許多人從城內往外跑。小木頭人一猜就猜對了：準是有空襲。雖然猜到了，他可是絲毫不怕。他一直奔了城牆去。站在牆根，他抬頭往上看。城牆，從遠處看，是很直的。湊近了一看，那一層層的大磚原來也有微微的斜度，像梯子似的，不過是很難爬的梯子罷了。再說吧，城牆已經很老，磚上往往有些坑兒，也可以放腳。小木頭人看完了牆，再低頭看自己的腳。他不由得笑了一笑。他的腳是多麼瘦小伶俐呀。好吧，他決定爬上城牆去。緊了緊身上的東西，他就開始往上爬。爬到中腰，牆上有一棵歪脖的酸棗樹，樹上結著些鮮紅的小棗，像些珠子似的發著光。

小木頭人騎在樹幹上，休息一會兒，往下一看，看見躲避空襲的人像潮水一般的往城外走。他心中說，泥人舅舅大概就是這樣死的，非報仇不可！說著，心中一怒，便揪下一把酸棗子，也不管酸不酸，全放在了嘴中。

爬下了城牆，小木頭人跟猴子一樣的伶俐，連跑帶跳地就上了城樓的尖兒。哎呀，多麼好看哪！往上看吧，天比平日遠了許多，要不是讓遠山給截住，簡直沒有了邊兒呀！往下看吧，一叢一叢的綠樹，一塊一塊的田地，一處一處的人家，都像小玩意似的，清清楚楚的，五顏六色的，擺在那裡。人呀，馬呀，牛呀，都變成那麼一小塊，一小塊地在地上慢慢地動。小木頭人，這時候，很想布人哥哥。假若小布人哥哥現在也在這裡，該多麼高興呀。恐怕就是媽媽也沒有見過這麼美的景致吧；小木頭人越想越高興，不覺地拍起手來。

哪知道，小木頭人正在歡喜，遠遠地可來了最討厭的聲音。忽隆，忽隆，好討厭，就像要把青天頂碎了似的。小木頭人立在城樓尖上，往遠處望，西北角上發現了幾隻黑小鳥。他指著那小鳥罵道：可惡的東西，你們把泥人舅舅炸碎，還又來炸別人麼？我今天不能饒了你們！

說時遲，那時快，眼看著敵機到了頭上。小木頭人數了數一共是六架。飛機都飛得很低，似乎有要用機槍掃射下面的樣子。小木頭人急中生智，把自己的木棍和雞冠槍全放下（這兩件東西至今還在城樓上呢），看飛機來到，就用了全身的力量往上一跳。這真冒險極了，假若他撲了空，就必定跌落下來，儘管他是棗木身子，也得跌碎了哇。可是，他這一下跳得真高。一伸手，他抓住一架飛機的尾巴。左手抓，右手把腰間的繩子——童子軍不是老帶著一條繩子麼？——解下來，拴在飛機尾巴上。然後，他拴了一個套兒，把頭伸進去，吊住了脖子。要是別人這樣辦，一會兒就必定伸了舌頭，成了吊死鬼。但是小木人的脖子是木頭的，還怕什麼呢。這樣吊在飛機尾巴上，飛機上的人就不會看到他；他們看不見他，他就可以隨著飛機回到飛機場呀。到了敵人的飛機場又怎樣呢？小木頭人正在思索，讓咱們大家也慢慢地想想看吧。

在飛機尾巴上吊著，是多麼有趣的事呀！看吧，這又比城樓高得多了。連山哪，都不過是一道道的小綠崗兒，河呀，不過是一條線！真好看，地上只是一片片的顏色，黃的、綠的、灰的，一塊塊的，一條條的，就好像一個頂大頂大的畫家給畫上的。更有趣的是一會兒鑽到雲裡去，一會兒又鑽出來。鑽進去的時候，什麼也看不見，只被一片霧氣包圍著，有的地方白一點，有的地方黑一點，大概饅頭在蒸鍋裡就是這樣。慢慢地，霧氣越來越白越少了，哈！鑽出來了！原來飛機已經飛到雲上邊去！上邊是青天大太陽，下邊是高高矮矮的黑白的雲堆，像一片用棉絮堆成的山。山峰上都被日光照的發著金光。哎呀，多麼美麗呀！多麼好看呀！小木頭人差一點就喊叫出來，他就是喊起來，別人也聽不見。可是他不能不小心哪。

一會兒，又飛到了一座城，飛機排成了一字形。小木頭人知道，這是要投彈了。他非常地著急，非常地憤恨，可是一點辦法也沒有。「等一會兒看吧，看我怎樣收拾你們！」他只能自言自語地這麼說。說罷，他閉上了眼，不忍看我們的城市被敵人轟炸。

飛機投了彈，很得意地往回飛。這時候，小木頭人顧不得看下面的景致了，閉著眼一勁兒想好主意，想著想著，他摸了摸身上，摸到一盒洋火。他笑了笑。

飛機飛得很低了，小木頭人想，這必定是到了飛機的家。他往上縱一縱身，兩手抓住飛機尾巴，尾巴前面有個窪窪，他就放平了身子，藏在那裡。飛機盤旋地往下落，他覺得有點頭暈，就趕緊把腳拼命地登直，兩手用力攀住，以免頭一暈，被飛機給甩下去。

飛機落了地，機上的人們都匆忙地下去。小木頭人斜著眼一看，太陽還老高呢。機場上來來往往還有不少的人，他想呀，現在若是去用火柴燒飛機，至多不過能燒一架，機場上人多，而且架著好幾架機關槍呀。莫若呀，等到夜裡再動手，把機場上所有的飛機全燒光，豈不痛快麼。好在脖子上的臘腸還剩有一節，也不至於餓得發慌。越想越對，也就大氣不出的，先把臘腸吃了。

吃完臘腸，他想打個盹兒，休息休息。小木頭人是真勇敢，可是粗心的勇敢是不中用的。幸而他還沒有真睡了；要是真睡去，滾到空地上來，他就可以被日本人活捉了去，那可怎辦呢？你看，他剛一閉眼，就聽見腳步聲。原來飛機回到機場是要檢查的呀，看看有沒有毛病，以免下次起飛的時候出險呀。那腳步聲便是檢查飛機的人來了哇！小木頭人的心要跳出來！假若，他們往飛機尾巴下面看一眼，他豈不要束手被擒麼？他知道，事到而今，絕不可害怕逃走。他一跑，準教人家給逮住！他停止了呼吸，每一秒鐘就像一個月那麼長似的等著。幸而，那些人並沒有檢查這一架飛機，而只由這裡走過——小木頭人連他們皮鞋上的一點泥都看得清清楚楚的！

他再也不敢大意，連要打哈欠的時候都把嘴按在地上。就是這樣，他一直等到天黑。

這是個月黑天，又有點夜霧。小木頭人的附近沒有一個人。他只聽得到遠處的一兩聲咳嗽，想必是哨兵；他往咳嗽聲音的來處望一望，看不見什麼，一切都被霧給遮住。他放大了膽，從地上爬起來，輕輕地走出來幾步；他要數一數這裡一共有多少飛機。轉了一個小圈，他已看到二十多架，他不由得喜歡起來。哎呀，假如一下子能燒二十多架飛機，夠多麼好哇！可是，他又想了想：只憑幾根火柴，能不能成功呢？不錯，汽油是見火就燃的。可是，萬一剛燒起一架，而那些哨兵就跑來，可怎麼辦？不錯呀，機場裡有機關槍。可是他不會放呀！糟極了！糟極了……小木頭人自己念叨著，哼，當兵豈是件容易的事呀？

無可奈何，他坐在了地上，很想大哭一場。

正在這個工夫，他聽見了腳步聲音。他趕緊爬伏在地上。來的是一個兵。小木頭人急中生智，把自己的繩子放出去，當作絆馬索，一下子把那個兵絆倒。然後，他就像一道電閃那麼快。騎在兵的脖子上，兩隻木頭小手就好似一把鉗子，緊緊地摳住兵的咽喉。那個兵始終沒有出一聲，就稀里糊塗地斷了氣。小木頭人見他一動也不動了，就鬆了手，可是還在他的脖子上坐著。用力太大，他有點疲乏，心中又怪難過的——他想，好好的一個人，偏偏上我們這裡來殺人放火，多麼可恨！可是一遇上咱小木頭人，你又連媽都沒叫一聲就死了，多麼可憐！這麼想了一會兒，小木頭人不敢多耽誤工夫，就念念叨叨地去摸兵的身上：「你來欺負我們，我們就打死你！泥人舅舅怎麼死的？哼，小木頭人會給舅舅報仇！」一邊這麼嘟囔著，他一邊摸索。摸來摸去，你猜怎麼著，他摸到兩個圓球。他還以為是雞蛋。再摸，喝，蛋怎麼有把兒呢？啊，對了，這是手榴彈。他在畫報上看見過手榴彈的圖，所以一見就認出來。

把手榴彈在手裡擺弄了半天，他也想不起應當怎麼放。他很恨自己粗心。當初，他看畫報的時候，那裡原來有扔擲手榴彈的詳圖，可是他沒有詳細地看。他曉得手榴彈是炸飛機頂好的東西，可是現在手榴彈得到手，而放不出去，多麼糟糕！他賭氣把手榴彈扔在了地上，又到死兵的身上去摸。這回摸到一把手槍。拿著手槍，他又想了想：現在只好用手槍打飛機的油箱。打完一架，再打一架，就是被人家給生擒住，也只好認命了，也算值得了。

當他打燃了第一架飛機的時候，四面八方的電鈴響成了一片。他又極快地打第二架，打燃了第二架，場中放開了照明燈，把全場照如白晝。他又去打第三架。

這時候，場中集聚了不知多少敵兵，都端著槍，槍上安著明晃晃的刺刀，向他包圍。他急忙就地一滾，滾到一架飛機上面。他知道，他們若向他放槍，就必打了他們自己的飛機，那，他心中說，也不錯呀，咱小木頭人和一架飛機在一塊兒燒光也值得呀！

敵兵還在往前湊，並沒放槍。小木頭人一動也不動，等待著逃走的機會。敵人越走越近了，小木頭人知道發慌不但沒用，而且足以壞事。他沉住了氣。等敵兵快走到他身前了，他看出來，他們都是羅圈腿，兩腿之間有很大的空檔兒。他馬上打好主意。猛的，他來了一個鯉魚打挺，幾乎是平著身子，鑽出去。

兵們看見一條小黑影由腿中鑽出，趕緊向後轉。這時候，小木頭人已跑出五十碼。他們開了槍。那怎能打中小木頭人呢？他是那麼矮小，又是低頭縮背，膝蓋幾乎頂住嘴地跑，他們怎能瞄中了哇？可是，他們也很聰明，馬上都臥倒射擊。小木頭人還是拼命地跑，儘管槍彈嗖嗖地由身旁、由頭上、由耳邊，連串地飛過，他既不向後瞧，也不放慢了步，一氣，他跑出機場。

後面追來的起碼有一百多人，一邊追，一邊放槍。小木頭人的腿有點酸了，可是後面的人越追越緊。眼前有一道壕溝，他不管三七二十一，便跳了下去。跳下去，他可是不敢坐下歇息，就順著溝橫著跑。一邊跑，一邊學著衝鋒號——嘀噠嘀噠嘀嘀噠！

追兵一聽見號聲，全停住不敢前進。他們想啊，要偷襲飛機場，必定有大批的人，而這些人必定在溝裡埋伏著呢。他們的官長就下命令：大眼武二郎，田中芝麻郎，向前搜索；其餘的都散開，各找掩護。喝，你看吧，武二郎和芝麻郎就爬在地上慢慢往前爬，像兩個蝸牛似的。其餘的人呢，有的藏在樹後，有的爬在土坑兒裡。他們這麼慢條斯理地瞎鬧，小木頭人已跑出了一里地。

他立住，聽了聽，四外沒有什麼聲音了，就一跳，跳出了壕溝，慢慢地往前走。走到天明，他看見一座小村子。他想進去找點水喝。剛一進村外的小樹林，可是，就聽見一聲呼喝，站住！口令！樹後面閃出一位武裝同志來，端著槍，威風凜凜，相貌堂堂。小木頭人一看，原來是位中國兵。他喜得跳了起來。過去，他就抱住了同志的腿，好像是見了布人哥哥似的那麼親熱。同志倒嚇了一跳，忙問：你是誰？怎回事？小木頭人坐在地上，就把離家以後的事，像說故事似的從頭說了一遍。同志聽罷，伸出大指，說：「你是天下第一的小木頭人！」然後，把水壺摘下來，請小木頭人喝水。「你等著，等我換班的時候，我領你去見我們的官長。」

太陽出來，同志換了班，就領著小木頭人去見官長。官長是位師長，住在一座小破廟裡。這位師長長得非常的好看。中等身量，白淨臉，唇上留著漆黑發亮的小黑鬍子。他既好看，又非常的和藹，一點也不像日本軍人那麼又醜又凶。小木頭人很喜愛師長，師長也很喜歡小木頭人。師長拉著小木頭人的手，把小木頭人所做的事問了個詳細。他一邊聽，一邊連連點頭，而且教司書給細細地記了下來。等小木頭人報告完畢，師長叫勤務兵去煮十個雞蛋慰勞他，然後就說：「小木頭人呀，我必把你的功勞，報告給軍長，軍長再報告給總司令。你現在怎辦呢？是回家，還是當兵呢？」

小木頭人說：「我必得當兵，因為我還不會打機關槍和放手榴彈，應當好好學一學呀！」

師長說：「好吧，我就收你當一名兵，可是，你要曉得，當兵可不能淘氣呀！一淘氣，就打板子，絕不容情！」

小木頭人答應了以後不淘氣，可是心中暗想，咱小木頭人才不怕挨板子呀！

從村子裡找來個油漆匠，給小木頭人改了裝，他本穿的是童子軍裝，現在漆成了正式的軍服，甚是體面。

從此，小木頭人便當了兵。每逢和日本人戰，他總做先鋒，先去打探一切，因為他的腿既快，眼又尖，而且最有心路啊。

有一天，小布人在學校裡聽到廣播，說小木頭人燒了敵機，立下功勞。他就向先生請了一會兒假，趕緊跑回家，告訴了母親。媽媽十分歡喜，馬上叫小布人給弟弟寫一封信。小布人不加思索，在信紙上寫了一大串「一」字，並且告訴媽媽，這些「一」字有長有短有直有斜，弟弟一看，就會明白什麼意思。

寫完了信，小布人向媽媽說，他自己也願去當兵。媽媽說：「你愛讀書，有學問應當繼續讀書，將來得了博士學位，也能為國家出力。你弟弟讀書的成績比不上你，身體可是比你強得多，所以應該去當兵殺敵，你不要去，你是文的，弟弟是武的，咱家一門文武雙全，夠多麼好哇！

小布人聽了，就又回到學校，好好地讀書，立志要得博士學位。

寶船

第一幕

第一場

時：古時候，有那麼一天的上午。

地：山澗有一條獨木橋的地方。

人：王小二、李八十

幕啟：

一片美麗的山景，比圖畫還更好看。山腳有一條溪澗，很深，上邊有個獨木橋，極難走。林中百鳥爭喧。忽然鳥聲靜下來，自遠而近傳來歌聲。這是王小二唱呢。他是個愛勞動的好孩子，背著柴下山，邊走邊唱。

王小二：（唱）

清早上，上山去打柴，

太陽升，下山把柴賣。

早打柴，早去賣，

買鹽買米，早早回家來。

鹽米交給好媽媽，

媽媽誇我真可愛！

（走到橋頭，把柴放下，休息一下，以便聚精會神地過橋。找了塊平滑的大石，坐下，向林中說）

小鳥兒，我不唱了，聽你們的吧！

（鳥聲又起）你們這些小傢伙，老唱那一個調兒，唧咕唧，唧咕唧的！用點心思，編點新歌兒不好嗎？

（李八十老翁從對面走來，要過橋，自言自語。）

李八十：這個破橋，多麼難走！我老啦，怎麼年輕的人不動動手，修一座寬點的，結實點的橋呢？

王小二：（立）

老爺爺，你出主意，我來修！這裡，石頭木頭都現成啊！

李八十：（望望）

你呀，是個好孩子！可惜，年紀太輕，沒力氣呀！

王小二：說我沒力氣？你等等，我把你背過橋來，看看我有力氣沒有！這可不是逞能，是應當幫助老人！

李八十：說得好！我領情！可是，讓我自己慢慢過去吧！背著我，你的腿一顫，心一慌，咱們就一齊掉下去！

（開始戰戰兢兢地過橋）

王小二：慢著點，老爺爺！眼睛別往下看！

李八十：我知道！（可是，失足落水）哎呀！

王小二：哎呀！老爺爺！

（急跳下去）

（小梅花鹿，小狗熊等到澗邊往下看，頗為著急。小二救上老人來，扶老人坐大石上。小鹿等跑開。）

王小二：老爺爺！老爺爺！

李八十：哎呀呀！好孩子！好孩子！你救了我的老命！

王小二：快脫了這濕衣裳，晒晒吧！

李八十：不要緊，山風兒一吹，一會兒就乾！你的也都濕透了啊！

王小二：不要緊，山風兒吹乾了你的，也會就手兒吹乾了我的，不是嗎？

李八十：對呀，你簡直比老人還聰明！

王小二：老爺爺，在哪兒住呀？我送你回家！

李八十：不用送！我的家呀，只在此山中，雲深不知處，連我自己也有時候找不著！

王小二：找不著自己的家，倒怪有意思兒，可就是麻煩點！

李八十：孩子，你在哪兒住呀？

王小二：就在這山下邊，門口有個磨盤，磨盤旁邊有棵大柳樹，柳樹上有倆「知了」兒，吱、吱、吱地唱。我媽說，那倆「知了」兒要不是哥兒倆，就是夫妻倆。

李八十：他們在冬天也唱嗎？

王小二：老爺爺，你怎麼了？冬天他們睡覺，不像咱們一年四季老愛幹活兒！
李八十：說的好！我最喜愛幹活兒的小夥子！你叫什麼呀？
王小二：我叫王小二。
李八十：「王小二過年，一年不如一年」的那個王小二呀？
王小二：誰說的！我是一年比一年身量更高，力氣越大，越能多幹活兒的王小二！
李八十：都快結婚了吧？
王小二：還不一定！
李八十：家裡還有什麼人哪？
王小二：有媽媽，頂好的媽媽，最愛幹活兒！所以呀，我們的門外種著吃不完的菜，缸裡老存著點糧食！我們還有一隻大白貓！
李八十：你愛大白貓嗎？
王小二：當然嘍！它會捉老鼠啊！其實呀，我也很愛老鼠！
李八十：這可就不大對了！我們愛好的，不愛壞的！你能愛天上的九頭鳥，山裡的四眼狼嗎？你能愛天天殺人的皇上，夜裡偷吃小孩的妖精嗎？不能吧？你是個有好心的孩子，要是能夠分好歹，辨黑白，可就更有出息了！

王小二：好，我聽你的話！老爺爺，你有媽媽沒有呀？

李八十：從前有，現在我已經八十多歲，媽媽早不在了！

王小二：你都八十多歲了？

李八十：一點不假，我就叫李八十嘛！看，我的鬍子不是全白了嗎？

王小二：可是，我們的大白貓也有白鬍子呀！

李八十：看你，怎麼可以拿老爺爺比大白貓呢？

王小二：別生氣，老爺爺！我也看那麼比不大合適！

李八十：來吧，好孩子，我最愛好孩子！你今天做了一件好事，我得送給你一點禮物！

王小二：老爺爺，我不要！媽媽常說：幫助人是應該的，不為得禮物！

李八十：你媽媽說得對！可是，禮物要是一件寶貝，也不要嗎？

王小二：也不要！我自己有寶貝！

李八十：你帶著寶貝哪？叫我看看！

王小二：（從腰中掏出小板斧）看！這還不是寶貝嗎？（耍斧）有它，上山能砍柴，豺狼虎豹不敢近前來！它們敢前進，嗑喳喳，一斧劈開它們的腦袋！

李八十：好！好！好！可是，有朝一日發來大水，房子沖塌，樹木沖倒，白茫茫一片，天連水，水連天，你的寶貝可有什麼用呢？

王小二：老爺爺，會有那麼一天嗎？

李八十：會有，會有！咱們的皇上多麼懶哪！日上三竿他才起，先喝一大碗香油，然後吃好幾大張蔥花烙餅；吃完了就再睡，睡醒了再吃；既不修河，也不開渠，怎能不鬧大水呢？

王小二：哎呀，那可怎麼辦呢？可惡的臭皇上，吃了睡，睡了吃，活像我家的大白貓！

李八十：大白貓還愛拿老鼠，咱們的皇上連臭蟲都不肯拿！快來吧，拿去這件寶貝！（掏出一個小木盒，掀開，取出個小紙船）你看！你看！

王小二：一隻小紙船兒？有什麼用呢？還裝不下我的一個拳頭！

李八十：寶貝不一定都很大呀！你的斧子比樹大嗎？可是斧子能砍樹，樹不能砍斧子！這是寶船！

王小二：我明白了：大水來到，我拿著它，可以淹不死！可是，媽媽怎麼辦呢？大白貓怎麼辦呢？要是扔下他們不管，我一個人逃命，說什麼我也不幹！

李八十：你，你媽媽，大白貓，連你們家的磨盤，都裝得下！

王小二：老爺爺，你是瞎說！

李八十：一點不是瞎說！你看著，聽著，記著：快長快長，乘風破浪！（小船變大）你看，長大了沒有？再念再長，要多大有多大！趕到不用的時候，你念：水落收船，快快還原！（船又變小）

王小二：老爺爺，這可真是個寶貝！有了它，大水來到，我可以救起許多活東西呀！

李八十：說說吧！

王小二：比如說，水上飄著一群螞蟻，該救不該救？

李八十：該救，螞蟻多麼勇敢，多麼勤勞啊！還有？

王小二：水上來了一窩蜜蜂，也得救起來呀，蜜蜂多麼愛幹活兒，釀的蜜又多麼甜哪！

李八十：應當救。還有？

王小二：一隻美麗的仙鶴，或是一隻胖小狗，都該救起來呀！可是，老爺爺，第一要先救人！

李八十：是嗎？連壞人也救嗎？王小二，你要小心，你要是救起一條毒蛇呀，它會咬死你！壞人哪，也許比毒蛇更厲害！你記住那兩句話了嗎？

王小二：記住了！快長快長，乘風破浪！水落收船，快快還原！對吧？

李八十：對！好好拿著，交給你媽媽收起來！看，太陽這麼高了！（小二看太陽，一回頭，老人不見了。）

王小二：老爺爺！老爺爺！你在哪兒哪？老爺爺！老爺爺！（只聞迴響，不見人影）哎呀，奇怪呀！老頭兒藏在哪兒去了？

李八十：（聲音）快回家吧，王小二！再見！

王小二：再見！（四山迴響）再見，再見……

第二場

時：前場後鬧大水的那一天，下午。

地：王家門外。

人：王小二、王媽媽、大白貓、仙鶴、大螞蟻、蜂王、張不三

幕啟：

天昏地暗，黃水橫流。一片鑼聲，眾人驚叫：水來了！水來了！逃命啊！鑼聲呼聲稍遠，王小二喊叫。

王小二：

（在幕後）媽！媽！別慌！咱們有寶船！寶船啊，快長快長，乘風破浪！媽，抱著大白貓，我來搬東西！

（鑼聲又近，鳥兒驚飛，牛羊哀叫……寶船出來，隨浪起伏。）

王小二：

媽，你駛舵，我划槳！大白貓，別害怕，看著水裡，有什麼活東西好救上來！

王媽媽：小二！小二！等等再開船！咱們的磨盤還沒搬上來呀！（船停住）

王小二：來不及嘍！磨盤分量重，大概沖不走。

王媽媽（依依不捨地回顧）這是什麼事喲！房倒屋塌，東西全沖走嘍！這，這怎麼活下去呢？

王小二：媽，別傷心！等水下去，房塌了再修，菜淹了再種！天下無難事，因為人有手，天塌用手托，水來……

王媽媽：水來怎麼樣啊？

王小二：水來坐船走！哈哈哈！

王媽媽：小二！小二！大難臨頭，你怎麼還有說有笑呢？

王小二：愁眉苦臉的，水也退不了啊！

大白貓：喵！喵！

王小二：什麼事？大白貓！水裡有老鼠嗎？不管它！

大白貓：（伸一爪，指水中）不是老鼠！

王小二：不是老鼠？撈上來吧！

大白貓：（不敢）喵！

王小二：膽小，怕掉下去呀？把尾巴交給我，拉著點，掉不下去！

（輕拉貓尾）

（大白貓去撈，撈上個大螞蟻來。為抖去身上的水，它跳舞起來。）

大白貓：（覺得很有意思，用爪指它，笑起來）咪咪，哈哈哈！

王小二：大白貓，大白貓，人家渾身是水，不好受，你還笑哪？沒有同情心！快去，再看著水裡！（向蟻）這位先生，你是誰呀？

大螞蟻：（停舞）姓螞。

王小二：名字呢？

大螞蟻：單名蟻。

王小二：原來是螞蟻兄弟！就是一個人嗎？

大螞蟻：我是大螞蟻，小的都在這兒呢！

（叫小二看他的衣袋）

王小二：喝！真不少！

大螞蟻：謝謝你把我們救上來，給我點活兒幹吧！

王小二：大白貓，聽見沒有？人家剛到，就找活兒幹，不像你！

（白貓擺尾，表示抗議。）

大螞蟻：來，我幫你划船！（與小二分撐二槳）

王小二：好，一——二！嗨！

大螞蟻：吆！

王小二：嗨！

大螞蟻：吆

大白貓：嗨，喵！嗨，吆！（躲開原處）

王小二：又怎麼了？大白貓！（船又停住）

王媽媽：水裡有個大蜜蜂！大白貓從前撲蜜蜂，叫人家螫得鼻青臉腫的，所以至今還害怕呢！

王小二：我來吧！（把槳伸出去，蜂王爬了上來）

蜂　王：謝謝嘍！好大的水呀！唉！花兒淹了，樹也倒啦，我看今年的冬天不大好過去！

王小二：別發愁，先幹活兒！你去把舵，好讓媽媽做點吃的！

蜂　王：好吧！（去換王媽媽）

大白貓：（緊隨著王媽媽）喵！喵！

王媽媽：我知道你叫什麼；你是要吃點魚，對吧？

王小二：大白貓，到處都是水，你自己釣兩條魚吃吃吧！

大螞蟻：把尾巴放在水裡，還真許釣上大魚來！

大白貓：喵——不！

王小二：大螞蟻，白貓心眼兒多，怕魚把它拉下去！是不是呀？你個大白貓，壞白貓！

大白貓：喵——嘻嘻嘻嘻（笑得很不自然）

（白貓笑聲未止，一隻大仙鶴自天上掉下來，正砸在貓身上！）

仙　鶴：哎呀！

大白貓：喵——哎喲！（急逃開）

仙　鶴：（爬在船上，連連喘氣）哎呀！累死我也！累死我也！

王小二：快歇歇吧！

仙　鶴：哎呀，我飛呀，飛呀，飛了一天一夜，找不著一個落腳的地方，可真累壞啦！你們這些好人，讓我在這兒歇歇吧？

王小二：當然！當然！

王媽媽：我們歡迎你！

大螞蟻：我也是剛上來，這兒真好！有福大家享，有難一齊受，你放心吧！

蜂　王：你先歇歇，歇夠了，你可以去捉幾條魚來，大白貓饞得很！

仙　鶴：行！捉魚我有把握。
大白貓：（趕緊過來，給仙鶴舔舔羽毛）喵——嘻嘻嘻嘻！
大螞蟻：大白貓真會巴結人啊！
大白貓：喵——我吃魚，你啃骨頭！
王小二：這個大白貓，真自私！
大　家：哈哈哈哈……
張不三：（在水中喊）救人哪！救命啊！
王小二：喲，水裡有人！快救！快救！
王媽媽：小二，李八十老人不是說過，要救好人嗎？這個人是好是壞，咱們不知道啊！
王小二：我有辦法！嗨，你是好人，還是壞人？說實話！
張不三：我是好人，頂好的人！不踩一個螞蟻，不傷一個蜜蜂，既不捉鳥，也不打貓，可好呢！
王小二：你叫什麼？
張不三：張不三，我弟弟叫張不四！

王媽媽：小二，留點神！不三不四，聽著不大順耳呀！

王小二：媽，人好不好不在乎叫什麼！

王媽媽：等我看看吧！（看）哎呀，他好像張大財主的兒子張三哪！他們都是壞人！

張不三：我不是張三，是張不三！我爸爸也不是大財主！老太太，想一想吧，我家要是大財主，怎能連一隻船也沒有呢？快點吧，我要沉下去啦！

王小二：媽，救救他吧，他多麼可憐哪！媽，快遞給我那根大繩子！

王媽媽：（遞繩）你看準啦！他是好人哪？

張不三：救命吧，老太太！

王小二：你真不是張財主家的？

張不三：真不是！這麼辦，看我不好，再把我扔下水來，還不行嗎？

王小二：好！接繩子！（把張不三拉了上來）

張不三：謝謝救命之恩！老太太，你就做我的親媽媽吧！你（指小二）就如同我的親弟弟！你（指螞蟻）是我的親螞蟻！你（指蜂王）是我的親蜜蜂！

大白貓：喵！

張不三：還有你，大白貓，你是我的親咪咪！仙鶴呀，美麗的仙鶴呀，我一看見你，心裡就喜歡，比親人還親！我說，眾位親人，我們這是往哪兒走呢？

王小二：四面都是水，我忘了東西南北！

張不三：（指）看，那邊不是有山嗎？人往高處走，水往低處流，對著山走吧！那邊地勢高，咱們一定能找到一塊又乾又好的地方！

王小二：媽，你看，他很聰明啊！

王媽媽：（仍未釋疑）嗯！我還得問問他！我說，你為什麼叫張不三呢？

張不三：不三就是：一不饞，二不懶，三不偷東西！

大白貓：跟我一樣！

王小二：大白貓，你真不害臊！

王媽媽：你弟弟為什麼叫不四呢？

張不三：他不饞，不懶，不偷，又不怕水！

王小二：所以他沒來，是吧？

張不三：是呀，他在水裡睡覺呢，睡得可香哩！老太太，諸位親人，相信我吧，我是頂好的人！來吧，都預備好！划槳的有了，掌舵的有了，做飯的有了，望的有了，釣魚的有了，我就做個總指揮吧！開船嘍！

（大家正要往張不三所指的方向開船，一片呼救聲，與牛羊哀叫聲卻從相反的方向傳來。）

王小二：等等！把船掉過頭來！快！

張不三：幹嗎掉頭？那邊的水更深！

王小二：那邊水裡有人，有牛，有羊，都得救上來！快，使勁！嗨，吆！

大　家：嗨吆！嗨吆！

王小二：（唱）水裡有人我們去救！

大　家：嗨吆！

王小二：有牛有羊也要救上來！

大　家：嗨吆！

王小二：我們心齊不怕水，

乘風破浪往前開！

大　家：嗨吆！嗨吆！（船越走越快）

第二幕

第一場

時：又過了些日子，水落下去，王家回到故鄉。夏日午後。

地：王家。

人：張不三、大白貓、仙鶴、蜂王、大螞蟻、王小二、王媽媽

幕啟：

大水已落。王家的磨盤並沒被沖走。大柳樹也沒倒，蟬又回來唱歌。沖壞的房子已修好多半，還在加緊施工。張不三不幹活兒，獨坐磨盤上，自言自語。

張不三：這群好心眼的傻蛋，我說什麼，他們都信！我說我不是張財主的兒子，他們也信以為真！就是那個老太婆聰明點，可是我一叫她親媽媽，她就不再疑心我！我得趕快想主意，把那個寶船弄到手。寶貝到手，我準升官發財，多麼美呀！

（大白貓背著一小筐土，還用尾巴在下面支著，慢慢地走來。）
大白貓：哎呀，哎呀，了不得！壓得我成了個小羅鍋！
張不三：大白貓，大乖貓！快著點，別哎呀哎呀的！
大白貓：是呀，我要是在磨盤上坐著，幹麼哎呀哎呀的呢！
張不三：大乖貓，看明白點，我是監工的，應當坐在磨盤上！
大白貓：你呀，監工的，一肚子壞！
張不三：這是什麼話呢？我是天下第一的好人！
大白貓：昨天你偷吃了王媽媽的魚，反倒說我愛偷嘴！（把土倒下，又往回走）你呀，不是不饞、不懶、不偷；是又饞、又懶、又偷，還又壞！（下）
張不三：哎呀，我得快點動手，別叫他們大家都看出我的原形來！
（仙鶴與蜂王同挑著磚走來，邊走邊唱）
鶴、蜂：（唱）
哼，嗨！哼，嗨！
我們的活兒做得快！
嗨，喲！嗨，喲！

房子一會兒比一會兒高！
喲，喝！喲，喝！
人多好幹活，人多好幹活！
張不三：（從磨盤上下來）親愛的好仙鶴！親愛的好蜜蜂！我沒在這兒坐著偷懶，我是動腦筋，想好主意呢！
仙　鶴：想什麼好主意？
張不三：你們看，咱們哪，是有福不會享！
蜂　王：怎麼？
張不三：咱們有寶貝，為什麼不用它呢？
仙　鶴：你說的是那個寶船？
張不三：對呀！
蜂　王：發大水才用它呢，不是嗎？
張不三：它現在就可以有用！
大螞蟻：（獨自挑著很重的兩筐土）走！走！挑土一大堆，快步走如飛！
張不三：大螞蟻，親愛的！你這麼小的個子，挑那麼多的土，快放下歇歇吧！

大螞蟻：別看身量矮，志氣比天高！別看個子小，要把日月挑！
張不三：放下，歇歇！（蟻放下筐子）我正在這兒要說，咱們要是把寶船獻給皇上去，皇上必然給咱們一大堆金子，一大堆銀子，瑪瑙的水桶，翡翠的磨盤，咱們何必再受累，又搬磚，又挑土的呢？
仙　鶴：我們愛挑土，愛搬磚！多麼有意思呀！
蜂　王：寶船是小二哥的，我們不能做主！
大螞蟻：你要敢動那個寶貝，我打死你！
張不三：誰說我要動它呀，大傢伙兒商量嘛！你們願意了，我再跟小二哥商量。我們聽小二哥的，不聽你的！（都抬起磚，挑起磚，走向工地）
張不三：這就算大家同意了？好！（給自己鼓掌）（大家又去挑土抬磚，沒理他。王小二扛著根柱子，上。）
王小二：（唱）
又是泥水匠，
又把木匠當！
牆厚二尺王，

松木柱子柏木梁！

水沖不倒，風吹不透，

蓋起來結結實實的房！

張不三：（忙去接柱子，放地上）小二哥，小二哥，告訴你，他們都同意了！

王小二：同意了什麼呀？

張不三：不是我，是他們大夥兒說的，這麼幹活兒太累了！何不把那個寶貝獻給皇上去？

王小二：獻給皇上？要是再發了大水，怎麼辦呢？

張不三：這樣的大水，一萬年才發一次，把寶船放一萬年，多麼可惜！咱們要是把它交給皇上，跟皇上要金子，銀子，珍珠瑪瑙，咱們不就闊起來，不必受累，也天天大碗喝香油嗎？

王小二：坐著喝香油，我不幹！我願意幹活兒！

張不三：是呀，有了錢，多買地，種一百畝高粱，一百畝玉米，一百棵玫瑰花，一百棵茉莉花，養活一百頭豬，一百頭牛，一百隻雞，一百隻大肥鴨，不是有幹不完的活兒嗎？

王小二：要那麼多東西幹什麼呢？

張不三：小二哥，你愛媽媽不愛？你孝順不孝順？

王小二：我頂愛媽媽！頂孝順媽媽！

張不三：可是，你看看，媽媽穿的是什麼？吃的是什麼？戴的是什麼？我都替她難受啊！咱們要是有了錢，媽媽不就能吃點好的，穿點好的，戴上金簪子，銀環子，寶石戒指，多麼好啊！這才見出你的孝心啊！再說，反正那個寶船放著也是放著，為什麼不叫它有點用呢？你想想！

王小二：對，你說的有道理！媽媽實在太苦！我跟她商量商量去！

張不三：別跟她老人家商量！她老人家愛勤儉，自己吃苦，可不肯說！跟她一商量，她必定說，我不苦！我不苦！

王小二：嗯！媽媽是那樣！

張不三：所以呀！你快把寶船拿來，別叫媽媽知道！等到把它獻給了皇上，咱們得了金銀財寶，馬上就帶回來豬羊牛馬，綾羅綢緞，叫媽媽吃上好的，穿上好的，媽媽也就嘴裡不說什麼，心裡可頂高興，說你是個大孝子！

王小二：好！咱們倆馬上走！

張不三：我一個人去就夠了！你要一去，媽媽必定盤問你，誰可也去不成了！快去，拿寶船去！我不怕見皇上，又會買東西，我雇一匹快馬，很快就到了京城。得了金子銀子，趕快就把媽媽心愛的東西都買回來！快去，拿寶船去！

王小二：好！你等著，別動啊！我馬上回來！（下）

張不三：行了！行了！張不三，三不張，真真是個百寶箱！心眼快，嘴又強，神仙見我也遭殃！

王小二：（跑回來，拿著小盒）給你，好好拿著！

張不三：小二哥，你放心我呀！

王小二：什麼話呢？咱們是大水沖不散的朋友啊！你快去，快回來！

張不三：一定快回來！一天不見，我就想你想的吃不下飯去呀！唉，我真捨不得你！（抹淚）

王小二：快走吧！反正你回來得快！何必傷心呢？

張不三：對！你們好好地蓋房，我快快地回來！再見！（匆下）

（王小二扛起柱子。鶴等又都抬著磚，挑著土，一塊兒回來。）

仙　鶴：小二哥，土夠了，磚也夠了，好不好再給外面的牆基砸砸夯啊？

王小二：對，等我放下柱子，就砸夯。根基不砸結實了，牆厚也不牢靠！
大白貓：唱夯歌不唱？
蜂　王：當然要唱！小二哥，你領唱！
（大家各拉一繩，王小二領唱。）
王小二：（唱）大水下去，回到家鄉。
大　家：夯來！（砸）（「來」讀如「賴」）
王小二：又種莊稼又修房！
大　家：夯來！
王小二：螞蟻渾身是力量！
大　家：夯來！
王小二：蜜蜂兒事事愛幫忙！
大　家：夯來！
王小二：仙鶴幹活真穩當！
大　家：夯來！
王小二：大白貓背土啊，那麼一小筐！

大　家：夯來！哈哈哈！
大白貓：我不幹了，不幹了！我這麼賣力氣，還拿我當笑話說呀！不幹了！
王小二：說著玩哪，著什麼急呢？
（王媽媽提著一桶水，一桶飯，笑著走來。）
王媽媽：孩子們，洗手去，吃東西啦！哎？怎麼少了一個人？張不三呢？
王小二：他，他走啦！
王媽媽：走啦？上哪兒了？
王小二：他進京了！
王媽媽：進京幹什麼去？
王小二：去見皇上！
王媽媽：見皇上幹嗎？
王小二：去，去……
仙　鶴：去獻寶船吧？
大　家：去獻寶船？
王小二：他說，那是你們大家的主意！

大白貓：我一點也不知道！船能大能小，我的眼珠也能大能小，都是寶貝，我怎會叫他拿走呢？

仙　鶴：我們沒出主意，張不三騙你呢！

大螞蟻：追他去，把寶船要回來！

大　家：對！對！追他去！

王媽媽：孩子們，聽我說！自從張不三一露面，我就有點疑心。可是，咱們都太實在，就難免有點馬馬虎虎。我比你們都多知多懂，因為我的歲數大呀。可是，連我也一聽見他叫我媽媽，就動了心，不再提防他。我還這樣呢，何況王小二呢！小二，你甭難過，這回有了經驗，以後就會多留神，不上壞人的當了！

王小二：媽，我追他去，把寶船要回來！

王媽媽：一定得把寶船要回來！寶船在咱們手裡，不但能夠救咱們自己的命，也能救別人！

王小二：現在我想明白了，寶船落在皇上手裡就成了廢物！皇上只會拿著它玩兒，想不到用它救人！好，我馬上走！

仙　鶴：要去，大家一齊去；小二哥一個人去，我們不放心！

王小二：我一個人去，行！我有理，再留點神，還怕什麼呢！
大白貓：都聽媽媽的吧！媽媽怎說，咱們怎麼辦！大家去，我也去！可是，道兒遠，在路上吃什麼呢？
蜂　王：你呀，大白貓，老先想吃！
仙　鶴：不要緊，我天天捉一條大魚喂你，還不行嗎？
大白貓：頂好是鱖魚，肉多，刺少！老太太，你說吧！
王媽媽：這麼辦！叫小二先走，咱們趕快蓋房，省得叫雨水沖壞了！一完工，要是小二還不回來，你們就都去找他，好不好？
大　家：好！好！加把勁兒，快蓋好了房！
王小二：仙鶴，你得給自己在樹上搭個窩。蜂王、大螞蟻，你們也得安好了家！大白貓，找點草，給你自己編個過冬住的小籃子！
大白貓：我這小肉包子似的手，編不上來呀！
大　家：我們幫著你！
王小二：媽，我走啦！
王媽媽：帶上乾糧啊！（給他預備）

仙　鶴：帶上你的斧子！（遞斧）
蜂　王：順著大道走，迷不了路！
大螞蟻：快去快回來！
大白貓：晚上睡覺，多打咕嚕，小蟲兒什麼的不敢過來！咕嚕，咕嚕……
王小二：（提著乾糧，插好斧子）再見！再見！
大　家：（送他）再見！快回來！

第二場
時：前場後月餘，上午。
地：京城城門外。
人：宰相的隨從若干、張不三、王小二、仙鶴、蜂王、大螞蟻、大白貓、李八十、差人甲乙

幕啟：
二道幕前，二公差鳴鑼開道。

二公差：閃道！閃道！大宰相過來嘍！

張不三：（上。紅袍玉帶，手執馬鞭，得意洋洋。後面隨從數人，張傘持槍，威風凜凜。唱）

要做一品官，

全憑心眼兒尖！

黑心眼，別人看不見，

只見紅袍在我身上穿！

哎呀，我的天，

就是俺張不三！

（王小二迎面走來。）

二公差：閃開！閃開！

王小二：嗨，張不三，我找你來了！

張不三：你是誰？

王小二：連王小二都不認識了嗎？

張不三：我是宰相，怎麼會認識你？
王小二：嘔！翻臉不認人哪！
張不三：快滾開！
王小二：張不三，你騙走我的寶船，一去不回頭，還假裝不認識我，你是多麼壞的人哪！二句話沒有，給我寶船！
張不三：寶船已經交給了皇上，皇上叫我做了宰相！告訴你，你有四個腦袋也惹不起我，八個腦袋也惹不起皇上！
王小二：皇上也得講理！皇上也沒長著八個腦袋！
張不三：好吧，咱們就試試誰更厲害！來呀，拉下去打！
（隨從上前捉王小二。）
王小二：（抽出斧子）看誰敢動手！
張不三：王小二，講打你可不行，別自尋苦惱！
王小二：你敢無理打人，我就還手！
張不三：給你二百錢，乖乖地回家吧！
王小二：我要寶船！

張不三：好！拉下去，重責四十大板！

（王小二抵抗，但寡不敵眾，被二隨從拖下去。）

張不三：哈哈哈！打道上朝！（下）

（幕後喊：一十，二十，三十，四十！）

隨從甲：（上）這個王小二真是好樣的！一聲也不哭！

隨從乙：哼！我看他恐怕活不成啦！

（仙鶴等匆匆跑來。）

仙　鶴：嗨！你們說的是哪個王小二？

隨從甲：跟宰相要寶船的那個王小二！

蜂　王：宰相是誰？

隨從乙：張不三，張大人！

大　家：張不三！王小二在哪兒呢？

隨從甲：在那邊（同乙下）

仙　鶴：快走！找小二哥去！

大　家：快走！小二哥！小二哥！

（二道幕開：一座假山，數竿翠竹，上有小亭。仙鶴等急跑。）

仙　鶴：小二哥！小二哥！

大　家：小二哥！你在哪兒哪？小二哥！

（王小二躺在亭內，大家看不見他。李八十老人在亭內立起來。）

李八十：誰叫小二哥哪？

大　家：是我們老爺爺！你看見王小二沒有？我們是他的好朋友！

李八十：快來吧，孩子們！小二叫張不三給打傷啦！

仙　鶴：老爺爺，我這兒有靈芝草！

蜂　王：我這兒有蜂蜜！

李八十：你們兩個上來！

仙　鶴：（同蜂一齊跑上去）小二哥，我們來了！

（蟻與貓也要上去，李八十出來，攔住他們。）

大螞蟻：老爺爺，叫我上去！

大白貓：叫我上去！

李八十：亭子小，咱們在下邊等著去吧！

大螞蟻：不行啊，老爺爺！我得看看小二哥怎樣了！

大白貓：老爺爺，我是小二哥最好最好的朋友啊！讓我上去！

李八十：孩子們，聽話，下去！王小二的傷很重，可是有了靈芝草就一定能治好！來，隨我來！（拉他倆下來，坐於石上）

大白貓：小二哥呀！（哭）

李八十：別哭！別哭！

大螞蟻：別哭！走！咱們找張不三去！他打了小二哥一頓，咱們打他三頓！

大白貓：走！（掏出半條乾魚來）來，我這兒還藏著半條小魚，給你一半兒，吃吧！一邊走一邊吃！走！（吃著走）

李八十：孩子們，聽我說！等王小二好過來，大夥兒一塊去，才打得過張不三呢！

大螞蟻：（向亭子問）小二哥怎麼樣啦？

仙　鶴：（探出身來）行啦！行啦！睜開眼睛啦！你們等等再上來！（又蹲下去）

蜂　王：（也探出身來）他已經吃了兩口蜂蜜，放心吧！（蹲下去）

貓、蟻：告訴他，我們也來啦！（緩和下來，坐在老人旁邊）
大白貓：嗯？我的魚呢？
李八十：你不是已經吃了嗎？
大白貓：真把我急糊塗了！
大螞蟻：老爺爺，你是誰呀？
李八十：快長快長，乘風破浪！
蟻、貓：啊！你是李八十爺爺？
李八十：對嘍！最愛孩子的李八十！
大螞蟻：你怎麼知道小二哥有了難呢？
李八十：我聽人說，張不三獻寶船，做了宰相。我一想，天下只有一隻寶船，怎麼落在張不三手裡了呢？所以呀，進城來看看。可巧，看見王小二在這兒躺著，我就把他抱到亭子裡去啦。
（傳來鑼聲。）
大螞蟻：宰相又過來了吧？聽，鑼響！大白貓，準備打！
（蜂王在亭內立起，向外看。）

蜂　王：什麼事呀？鑼響！
大螞蟻：小二哥怎麼樣？
蜂　王：（下來）已經坐起來了，待會兒就下來！
差人甲：皇上有聖旨，大夥兒用心聽！
差人乙：（打鑼）當，當，當！
差人甲：公主有了病，要請好醫生！
差人乙：（打鑼）當，當，當！
差人甲：誰能治好病，算是立奇功！年輕的招駙馬，年老的把官封！
差人乙：（打鑼）當當，當當，當當！（同下）
蜂　王：老爺爺，公主是誰？
李八十：公主就是皇上的女兒。
大螞蟻：老爺爺，駙馬是哪一種馬呢？
李八十：駙馬不是馬！
大白貓：大概是驢？
李八十：也不是驢！駙馬是公主的丈夫！

蜂　王：嘔！誰給公主治好了病，誰就娶她做老婆，對吧？
李八十：對！
蜂　王：（向小亭）怎樣啊？
大螞蟻：怎樣啊？
仙　鶴：（扶起小二）看！小二哥好啦！
（王小二同仙鶴走下來，大家上去，親他，抱他。）
王小二：謝謝老爺爺！謝謝大家！
大　家：不謝，不謝！彼此幫忙！（一齊拍手，跳著，念著）好快活，好快活，靈芝草救活了小二哥！好二哥，二哥好，樂得我們跳破了腳！
王小二：老爺爺，朋友們，坐下！坐下！大家商量商量，怎麼要回寶船來！
（大家靜下來，都坐下。）
仙　鶴：老爺爺先說！
李八十：我說呀，寶船在皇上手裡，就找皇上去！
大　家：對！走啊！走！
王小二：等等！不經一事，不長一智，剛才我吃了虧，為什麼？因為事前沒準備好！咱們去找皇上，得先想好了辦法！去找皇上，皇上肯見咱們嗎？

大白貓：哼，皇上比我還懶，準不見咱們！

仙　鶴：我有辦法！公主不是有了病，請醫生嗎？好啦，叫小二哥當大夫，拿著靈芝草，去給公主治病，準能進去！

大　家：（鼓掌）好主意！好主意！

蜂　王：剛才小二哥挨了打，因為一個人力量小啊！這回，咱們都跟哥去！

王小二：是呀！皇宮裡有皇上，有兵，還有張不三，咱們得多去幾個人！蜂王，你帶著小蜜蜂沒有？

蜂　王：（示以口袋）我帶來五百名蜜蜂兵，都能征慣戰！

大螞蟻：（示以口袋）我也帶來最會打仗的精兵一千名！打起來，準打勝！

王小二：好！可是呀，咱們也得用心思，處處留神，一點別上當！仙鶴常在水裡耐心地捉魚，所以最穩當。蜂王也有心眼兒。大螞蟻有時候太急。大白貓呢又懶又饞！大白貓，到宮裡，誰給你吃的也別要，也別打盹！

大白貓：是啦，我知道自己的毛病！

大螞蟻：我聽你的，你說打，我才打，決不亂來！

王小二：好，老爺爺，還有什麼囑咐我們的？

李八十：你們想的很周到！可是呀，他們的模樣不行啊！到了皇宮，人家一看這怪模怪樣的，準不許進去！

王小二：對呀，老爺爺，你有辦法嗎？

李八十：等我想想！我小的時候，媽媽教給我兩句話，一念就會變！

仙　鶴：快想吧！老爺爺！肅靜，叫老爺爺好好地想！

李八十：（想了會兒）嗯！嗯！想起來了：要變男的呀，說：der、嗒、我、喝、哨！

大白貓：要變女的呢？

李八十：說呀：呲、布、楞、登、嗆！都記住了嗎？

大　家：記住了！der、嗒、我、喝、哨；呲、布、楞、登、嗆！

李八十：對！對了！你們真聰明，一學就會！好啦，我走啦！

王小二：老爺爺，不跟我們進宮嗎？

李八十：不啦！你們人多，又齊心，準能成功，我很放心！萬一有什麼急事兒，你們一喊：八十加九十一百七，我就會來！再見，孩子們！

大　家：再見，老爺爺！慢慢地走！（李下）
大螞蟻：走吧，快著點，給張不三一個冷不防！
仙　鶴：你又著了急，咱們還沒變哪！小二哥，說說，都怎麼變？
王小二：男變女，女變男，好不好？
大　家：好！
大白貓：好極啦！我正想變個姑娘！老當男的，多麼單調啊！
王小二：就變吧！
鶴、蜂：走！der、嗒、我、喝、哨！（跑向假山後）
貓、蟻：走！呲、布、楞、登、嗆！（跑向假山後）
王小二：（叫）仙鶴！多變一套衣裳，我穿！我原來的這一身叫他們打壞了！
仙　鶴：（內白）是啦！
鶴、蜂：（出來。鶴穿白，戴小紅帽。蜂穿黃，戴小黑帽）看，變得怎樣？
王小二：好！你們倆當作我的徒弟。你（指鶴）叫白哥。你（指蜂）叫黃弟。
貓、蟻：（出來。貓穿紅衣，蟻穿綠衣）看，變得怎樣？
王小二：好！大白貓，哈哈哈！（眾皆大笑）

大白貓：（莫名其妙）怎麼啦？

王小二：你這個懶東西，怎麼不變全了呢？大姑娘有帶著尾巴的嗎？

大白貓：（摸了摸）

咪——哈哈哈！不要緊，藏在衣裳裡就看不見了！（藏尾）

仙　鶴：（遞衣）給你，小二哥，穿上吧！

王小二：（邊穿邊說）大白貓，你叫紅姐。大螞蟻，你叫綠妹。你們倆當我的妹妹。靈芝草、蜂兵、蟻兵都帶好了嗎？

大　家：都帶好啦！

王小二：我們走吧！（白哥，黃弟在前，小二在中間，紅姐綠妹在後）走！左右左！左右左！（下）

第　三　幕

時：前場後片刻。

地：皇宮。

人：皇上、內侍甲和乙、衛兵、王小二、仙鶴、蜂王、大螞蟻、大白貓、張不三、公主、宮娥數人、李八十

幕啟：

金殿內，皇上坐當中，二內侍兩旁侍立。龍案上擺著一大堆蔥花烙餅，一大盤子煮雞蛋。他正在擺弄寶船。裝寶船的小盒在案上放著。

皇　上：快長快長，乘風破浪！（船變大）好玩！好玩！哈哈哈！（拿起一個雞蛋，在腦門上碰，蛋碰破了，即蘸點鹽花，吃著）水落收船，快快還原！（船變小）好玩！好玩！哈哈哈！（又在腦門上碰一蛋，吃著）什麼寶貝也沒有這個好玩！

衛　兵：（上）啟萬歲，有個王小二求見！
皇　上：沒工夫！我這兒正玩得怪高興！
衛　兵：他說，他會治公主的病。
皇　上：會治病啊？進來吧！（忙將寶船藏入懷內）
衛　兵：領旨！（喊）王小二上殿！（下）
王小二：（應聲）來嘍！（領仙鶴等同上，一齊說）皇上，皇上，你好啊？
皇　上：廢話！我是皇上，有什麼不好？來呀，把他們推出午門斬首！
仙　鶴：你斬不了我，我會飛！
蜂　王：我也會飛！
大螞蟻：我會地遁！
大白貓：我會上房！
王小二：你瞎扯！憑什麼要斬我們呢？
皇　上：見了皇上，不下跪磕頭，還不該斬首嗎？
王小二：你派人去請大夫，大夫來了，誰該給誰磕頭啊？
皇　上：這個……（問內侍）該怎麼辦？

二內侍：一點辦法也沒有！

皇　上：請宰相，商議大事！

二內侍：宰相上殿哪！

（螞蟻等要動手迎擊張，王小二阻止。）

張不三：（上念）宰相上金殿，沒事瞎搗亂。臣張不三見駕，吾皇萬歲！（連連磕頭）

王小二：（對鶴等）就是這樣的人才愛磕頭！

皇　上：（對小二）你看，宰相多麼有禮貌！

王小二：這會兒有禮貌，待會兒會把你害死！

大白貓：他還會偷吃的！皇上，留神你的烙餅！

張不三：（立，看見小二，驚異）啊？是你？

王小二：是我！我還活著呢，沒叫你給打死！

張不三：（旁白）哎呀！怪呀！他怎麼還活著呢？（向皇上）萬歲，這是一群野孩子，把他們打出去！

皇　上：對！打出去！

王小二：打出我去，誰給公主治病呢？

皇　上：是呀！別打出去！

張不三：（旁白）他要是當了駙馬，我這個宰相可就不好做了！（向皇上）萬歲，他是打柴的，不會治病！

王小二：我不會治病，你會嗎？

張不三：那……

皇　上：得！又問住了一個！來呀，請公主！

內侍甲：公主上殿！

張不三：萬歲！幹麼請公主？

皇　上：廢什麼話，治病嘛！

公　主：（二宮娥引上）參見皇父！

皇　上：罷啦！叫王小二看看你的病！

張不三：公主！公主！這個窮小子冒充大夫！

公　主：我都快死啦，你怎麼還攔著我治病呢？你多麼壞呀！

鶴　等：他壞透了！

王小二：公主，你得的是什麼病啊？

公　主：累的！累壞啦！

大　家：累壞了？累壞了？

王小二：你一天幹多少活兒，累成這個樣呀？

皇　上：別聽公主的！我叫她一天吃十五頓飯，什麼也不幹！

公　主：是呀，吃十五頓飯還不累得慌嗎？我渾身都疼！

皇　上：小女孩子，沒出息！我一天吃二十四頓還不累得慌呢！

王小二：公主，我能治你的病！白哥，拿靈芝草來！

張不三：公主，靈芝草不是蔥，不是蒜，沒地方找去！他瞎扯呢！

仙　鶴：（掏出仙草）靈芝草在這裡！（遞給小二）

王小二：（用仙草撫她）怎麼樣？怎麼樣？

公　主：真靈啊！身上都不疼了！

王小二：跳跳！跳高高的！

公　主：（跳）咦！怪舒服！

王小二：再跑個圈兒！

大　家：我們陪你跑一圈！（同公主跑）
公　主：真痛快！真好！頭上有點汗啦！
王小二：公主，你的病就算好啦！從今以後，你要是一天只吃兩頓飯，常跑跑跳跳的，多幹點活兒，就不會再鬧病了！
公　主：好！我聽你的話！誰不願意結結實實的呢！
王小二：你歇會兒去吧！
公　主：謝謝你！（向皇上）皇父，我看你也少吃點吧！（領宮娥下）
張不三：萬歲，你看，王小二剛來這麼一會兒，就把公主教壞啦！還不轟出他去？
皇　上：對！王小二呀，把靈芝草留下，你走吧！
王小二：給我寶船，我馬上走！
皇　上：寶船？那是宰相給我的！
王小二：他從我家裡騙了走的！
張不三：萬歲，沒有這個事！快把他打出去！
王小二：好！張不三，剛才你仗著人多，打了我一頓，現在咱們單對單（脫衣），看看誰成誰不成！接衣服！（扔衣，蟻接住）張不三，來吧！

皇　上：這好玩，好玩！宰相，跟他打！

張不三：宰相是文官，不動武！

王小二：你沒骨頭！

張不三：我沒骨頭，有腦子，咱們鬥鬥智！萬歲，我出個謎語，王小二要是猜對了，給他寶船！猜不對，打八十大板！

皇　上：行啊！出個最難猜的！

張不三：王小二，聽著！什麼花兒熱？

大白貓：瞎說八道！花兒沒有熱的！

王小二：紅姐，聽著！他難不倒咱們！

張不三：什麼花兒熱？什麼花兒涼？什麼花兒是木頭？什麼花兒劈里啪啦炒得香？

蜂　王：什麼花兒我都認識，根本沒有你說的這些花兒！

王小二：黃弟，別說話，讓我好好地想想！

張不三：內侍，預備好大板子，他猜不上來！

王小二：張不三，聽著！燈花兒燙手熱！

鶴　等：對呀！對！（鼓掌）

王小二：燈花兒燙手熱，雪花兒片片涼！刨花是木頭，玉米花兒炒得香！

鶴　等：好哇！好哇！（歡跳）

王小二：皇上，拿寶船來！

皇　上：等等！你再猜猜我的！我有花兩種，讓你猜不著！你要猜不著，打你後腦勺！猜吧！

王小二：猜對了，給我寶船？

皇　上：對！

王小二：一猜就猜對，你的花兩種：鹽花兒蘸雞蛋，蔥花兒烙大餅！

鶴　等：對！對！雞蛋和烙餅，皇上是飯桶！

王小二：怎樣？皇上！

皇　上：猜是猜對了！可是，他們說我是飯桶，該罰，我沒收你的寶船！

王小二：皇上，你不是飯桶，是什麼呢？

皇　上：我，我，我是什麼呢？宰相，再出好主意，快！

張不三：萬歲，叫公主同七個宮女都一樣打扮，蒙上頭，遮上臉，叫王小二認。一認就認對，算他贏了；認不對，不叫他做駙馬，也不給他寶船！
鶴　等：這不公道，不公道！
皇　上：不公道？幹嗎要公道呢！來呀，去叫公主預備！
內侍甲：領旨！（下）
皇　上：哎呀，我要上廁所！宰相，帶路！
張不三：領旨！（同皇上、內侍乙下）
大白貓：這怎麼辦呢？怎麼認出公主來呢？
大螞蟻：咱們痛痛快快地打吧！
仙　鶴：先想想辦法，文的不行再動武的！
蜂　王：對！小二哥，我看出來了，不知你看出來沒有？
王小二：我也看出來，（指頭）這個！
蜂　王：對！
大白貓：什麼呀？快說吧！
王小二：公主頭上戴的是鮮花。

蜂　王：宮女戴的是紙花！
仙　鶴：對呀！鮮花有香味兒！
王小二：公主來到，蜂王放出些小蜜蜂去。
大螞蟻：（跳起來）對！哪個頭上有蜜蜂兒圍著，哪個就是公主！
大白貓：對！你們這麼一說，我也想明白了！
皇　上：（同張、內侍乙回來）公主還沒來嗎？快著點！
內侍甲：（上）公主到！
皇　上：快進來！
（七個宮女與公主結隊而來，頭與臉都遮得嚴嚴的，緩行輕舞。蜂王放出蜜蜂。鶴等亦舞。）
皇　上：有趣！有趣！八個姑娘，都一般高，一樣的打扮，怎能認出來呢？
王小二：（看了看，過去拉）一二三四五，駙馬拉公主！
公　主：（揭開自己的頭紗）哈哈……！一點也不假，公主愛駙馬！王小二，我跟你去，咱們走吧！
王小二：聽我說：一年之內，你要是天天種菜，澆花，洗衣裳，織布，把身體練得棒棒的，壯壯的，我就來接你。
公　主：一年？
王小二：一年！
公　主：你準來？
王小二：準來！見了面，我一看你的臉蛋兒紅撲撲的，眼睛亮堂堂的，腰板兒直溜溜的，胳膊硬棒棒的，我就拉著你走！好不好！
公　主：好，我從明天就幹起活兒來！
王小二：幹麼等到明天呢？現在就去幹點什麼吧！
公　主：（對宮娥們）走！我們去找點活兒幹！
（宮娥們都露出頭臉，舞蹈著下）王小二，再見！
王小二：（同大家）再見！（向皇上）皇上，你全輸了，拿來吧！
皇　上：做駙馬就行了吧？別要寶船啦！
王小二：不行，我要寶船！
皇　上：咱們倆誰拿著它不一樣嗎？
王小二：不一樣！你拿它當玩意兒，我用它救人！

皇　上：這怎麼辦呢？好吧，我給你一斗金子！
王小二：我不要金子！
皇　上：我給你一所大房子！
王小二：我不要大房子！
皇　上：宰相，出主意呀！別站在那兒看熱鬧。
張不三：萬歲，我有主意！王小二，你說寶船是你的，有什麼證據？
王小二：你有什麼證據，說它是你的？
張不三：那是我的傳家之寶！
王小二：好！我找個證人，看他怎麼說！（與大家同喊）
八十加九十一百七！八十加九十一百七！
李八十：（忽然出現）孩子們，我來了！
皇　上：喲，哪來的白鬍子老頭呀！
李八十：我叫李八十。寶船哪，是我給王小二的！
張不三：你給他的？誰看見啦？
李八十：你這個壞人！我老頭子一輩子沒說過一句假話！

張不三：你現在說的就是假話！
李八十：孩子們，你們說呢？
大　家：他敢罵老爺爺說假話，打他，打他！（圍上張）
張不三：（害怕）親愛的小二哥，親愛的朋友們，放我回家，我還沒吃飯呢！
王小二：我們不再聽你的甜言蜜語！
仙　鶴：這個傢伙，一會兒軟，一會兒硬，真會變！咱們就叫他變吧！
大　家：對！對！
王小二：叫他變個大灰狼吧！老爺爺，人變走獸該怎麼說？
李八十：說八十減九十，不大好減！
大　家：（扯住張，喊）八十減九十，不大好減！（扯他入幕旁。一聲狼嚎，張已變了，大家牽他出來。狼又搖頭，又擺尾，口中還亂七八糟地出聲。）
大　家：（圍狼歡跳）張不三，大宰相，不仁不義變了狼！
王小二：皇上，拿寶船來！
皇　上：（拿起桌上的小盒，遞）拿去吧！
（收拾雞蛋烙餅等，要逃走）

李八十：小二，打開看看！

王小二：（打開小盒）啊哈，空的！白哥，黃弟，紅姐，綠妹，殺上前去！

（大家七手八腳，齊攻皇上。他的頭被蜂子螫腫，身上被螞蟻叮壞，連哭帶嚷，不住求饒！）

皇　上：饒了我吧！別打啦！給你！（掏出寶船）給你！

王小二：（接船）收兵！收兵！（但蟻與貓猶有餘勇，各自表演武技）行啦！行啦！（他們停下來）

李八十：小二，看看是真的，還是假的！

王小二：快長快長，乘風破浪！（船變大）老爺爺，是真的！我們走吧！

仙　鶴：這不是個好皇上，叫他也變變吧？

蜂　王：叫他變個大肥野豬！

大　家：好！八十減九十，不大好減！（一聲豬叫，皇上變成了野豬）臭皇上，又壞又糊塗，叫他變個大野豬！

李八十：孩子們，唱吧，跳吧，慶祝寶船又回到咱們手裡啦！

（領頭從容地起舞。孩子們圍著老人且歌且舞）

合　唱：

好歡喜，好喜歡，
打敗了皇上，得回寶船！
得回寶船，好歡喜，
打敗了壞人張不三！
歡歡喜喜回家轉，
叫媽媽收好寶貝船！
喜歡，歡喜！喜歡，歡喜！
我們得回救人的寶貝船！

（大家往外走，豬與狼哀叫不已。）

（全劇終）

注：此三幕五場劇係根據江蘇銅山民間故事（見《中國民間故事》）改編，謹向搜集者姜慕晨同志致謝！

小麻雀

雨後，院裡來了個麻雀，剛長全了羽毛。它在院裡跳，有時飛一下，不過是由地上飛到花盆沿上，或由花盆上飛下來。看它這麼飛了兩三次，我看出來：它並不會飛得再高一些，它的左翅的幾根羽毛擰在一處，有一根特別的長，似乎要脫落下來。我試著往前湊，它跳一跳，可是又停住看著我，小黑豆眼帶出點要親近我又不完全信任的神氣。

我想到了：這是個熟鳥，也許是自幼便養在籠中的。所以它不十分怕人。可是它的左翅也許是被養著它的或別個孩子給扯壞，所以它愛人，又不完全信任。想到這個，我忽然地很難過。一個飛禽失去翅膀是多麼可憐。這個小鳥離了人恐怕不會活，可是人又那麼狠心，傷了它的翎羽。它被人毀壞了，而還想依靠人，多麼可憐！它的眼帶出進退為難的神情，雖然只是那麼個小而不美的小鳥，他的舉動與表情可露出極大的委屈與為難。它是要保全它那點生命，而不曉得如何是好。對它自己與人都沒有信心，而又願找到些倚靠。

它跳一跳，停一停，看著我，又不敢過來。我想拿幾個飯粒誘它前來。又不敢離開，我怕小貓來撲他。可是小貓並沒在院裡，我很快地跑進廚房，抓來了幾個飯粒。及至我回來，小鳥已不見了。我向外院跑去，小貓在影壁前的花盆旁蹲著呢。我忙去驅逐它，它只一撲，把小鳥擒住！被人養慣的小麻雀，連掙扎都不會，尾與爪在貓嘴旁耷拉著，和死去差不多。

叼著小鳥，貓一頭跑進廚房，又一頭跑到西屋。我不敢緊追，怕它更咬緊了，可又不能不追。雖然看不見小鳥的頭部，我還沒忘了那個眼神。那個預知生命危險的那個眼神。那個眼神與我的好心中間隔著一隻小白貓。來回跑了幾次，我不追了。追上也沒用了，我想，小鳥至少已半死了。貓又進了廚房，我愣了一會兒，趕緊地又追了去；那兩個黑豆眼仿佛在我心內睜著呢。

進了廚房，貓在一條鐵筒——冬天生火通煙用的，春天拆下來便放在廚房的牆角——旁蹲著呢。小鳥已不見了。鐵筒的下端未完全扣在地上，開著一個不小的縫兒，小貓用腳往裡探。我的希望回來了，小鳥沒死。小貓本來才四個來月大，還沒捉住過老鼠，或者還不會殺生，只是叼著小鳥玩一玩。

正在這麼想，小鳥，忽然出來了，貓倒嚇了一跳，往後躲了躲。小鳥的樣子，我一眼便看清了，登時使我要閉上了眼，小鳥幾乎是蹲著，胸離地很近，像人害肚子痛蹲在地上那樣。它身上並沒血。身子可似乎是蜷在一塊，非常的短。頭低著，小嘴指著地。那兩個黑眼珠！非常的黑，非常的大，不看什麼，就那麼頂黑頂大地愣著。它只有那麼一點活氣，都在眼裡，像是等著貓再撲它，它沒力量反抗或逃避；又像是等著貓赦免了它，或是來個救星。生與死都在這兩眼裡，而並不是清醒的。它是糊塗了，昏迷了；不然為什麼由鐵筒中出來呢？可是，雖然昏迷，到底有那麼一點說不清的，生命根源的，希望。這個希望使它注視著地上，等著，等著生或死。它怕的非常忠誠，完全把自己交給了一線的希望。一點也不動。像把生命要從兩眼中流出，它不叫，不動。

小貓沒有再撲它，只試著用小腳碰它。它隨著擊碰傾側，頭不動，眼不動，還呆呆地注視著地上。但求它能活著，它就決不反抗。可是並非全無勇氣，它是在貓的面前不動！

我輕輕地過去，把貓抓住。將貓放在門外，小鳥還沒動。我雙手把它捧起來。它確是沒受多大的傷，雖然胸上落了點毛。它看了我一眼！我沒主意：把它放了吧，它準是死？養著它吧，家中沒有籠子。我捧著它好像世上一切生命都在我的掌中似的，我不知怎樣好。

小鳥不動，蜷著身，兩眼還那麼黑，等著！

愣了好久，我把它捧到臥室裡，放在桌子上，看著它，它又愣了半天，忽然頭向左右歪了歪，用它的黑眼瞟了一下；又不動了，可是身子長出來一些，還低頭看著，似乎明白了點什麼。

小白鼠

小白鼠有八個兄弟姊妹，他是最小的一個，也是最好看的一個。他的兄弟姊妹都是灰色的，只有他是雪白的，雪白的毛兒，長長的尾巴，長得非常的好看。他自己也曉得他是非常的好看，所以他很驕傲。

他常常這樣地說：「看我這一身雪白的毛兒，圓圓的眼睛！若是我的尾巴稍微再短一點，我簡直便和白兔一樣的美了！自然，我的聰明是永遠比白兔高出得很多，不管我的尾巴是長，還是短！」

小白鼠的媽媽，很不放心她這個最小最好看，也最驕傲的兒子。媽媽總是愛小兒子的，因為他最小啊。

鼠媽媽知道附近來了一隻大黃貓，就極懇切地囑咐她的八個兒女說：「你們，我的寶貝們！千萬要小心哪！那隻黃貓能一口咬住你們兩個，因為他是一隻又大又凶又惡的黃貓呀！」說罷，她特別地對小白鼠又說了一遍，恐怕他驕傲不小心，最容易招出禍來。

可是，小白鼠不信媽媽的話。他對自己說：「像我這樣的好看，貓會傷害我嗎？不會的！絕不會的！」這樣，他便放大了膽，雖然聽見貓的聲音，他也仍舊東跑西跑，一點不留心。

有一天，小白鼠面對面地碰到大黃貓。一看，黃貓的眼睛是那麼大，那麼圓，那麼亮，那麼凶，他有點發慌。可是，他沉了沉氣，心裡說：「不管黃貓怎麼厲害，他會看得出我是多麼好看，也就不會欺侮我的！」他這樣說完，也就笑了，對黃貓說：「貓先生，你看我好看不好看？若是我的尾巴短一點，我豈不和白兔一樣美了嗎？」

說完，小白鼠以為大黃貓必定很客氣地和他談一談，從此他們倆變成好朋友。哪知道大黃貓一聲沒出，忽然把大爪子伸出來，捉住小白鼠的頸項，就一口咬住咽喉。可憐的小白鼠，痛得眼睛都努了出來，怎麼掙也逃不出他的嘴。

大黃貓幾口便把小白鼠吃淨，連那條美麗的尾巴也沒剩下。吃完，他舐了舐爪子，對自己說：「這真是一條好看的小白鼠！可是美麗不但保不了自己，也教我吃得不痛快呀，他是多麼小，多麼瘦啊！」

貓

貓的性格實在有些古怪。說它老實吧，它的確有時候很乖。它會找個暖和的地方，成天睡大覺，無憂無慮，什麼事也不過問。可是，趕到它決定要出去玩玩，就會出走一天一夜，任憑誰怎麼呼喚，它也不肯回來。說它貪玩吧，的確是呀，要不怎麼會一天一夜不回家呢？可是，及至它聽到點老鼠的響動啊，它又多麼盡職，閉息凝視，一連就是幾個鐘頭，非把老鼠等出來不拉倒！

它要是高興，能比誰都溫順可親：用身子蹭你的腿，把脖兒伸出來要求給抓癢，或是在你寫稿子的時候，跳上桌來，在紙上踩印幾朵小梅花。它還會豐富多腔地叫喚，長短不同，粗細各異，變化多端，力避單調。在不叫的時候，它還會咕嚕咕嚕地給自己解悶。這可都憑它的高興。它若是不高興啊，無論誰說多少好話，它一聲也不出，連半個小梅花也不肯印在稿紙上！它倔強得很！

是，貓的確是倔強。看吧，大馬戲團裡什麼獅子、老虎、大象、狗熊，甚至於笨驢，都能表演一些玩意兒，可是誰見過耍貓呢？（昨天才聽說：蘇聯的某馬戲團裡確有耍貓的，我當然還沒親眼見過。）

這種小動物確是古怪。不管你多麼善待它，它也不肯跟著你上街去逛逛。它什麼都怕，總想藏起來。可是它又那麼勇猛，不要說見著小蟲和老鼠，就是遇上蛇也敢鬥一鬥。它的嘴往往被蜂兒或蠍子螫得腫起來。

趕到貓兒們一講起戀愛來，那就鬧得一條街的人們都不能安睡。它們的叫聲是那麼尖銳刺耳，使人覺得世界上若是沒有貓啊，一定會更平靜些。

可是，及至女貓生下兩三個棉花團似的小貓啊，你又不恨它了。它是那麼盡責地看護兒女，連上房兜兜風也不肯去了。

郎貓可不那麼負責，它絲毫不關心兒女。它或睡大覺，或上屋去亂叫，有機會就和鄰居們打一架，身上的毛滾成了氈，滿臉橫七豎八都是傷痕，看起來實在不大體面。好在它沒有照鏡子的習慣，依然昂首闊步，大喊大叫。它匆忙地吃兩口東西，就又去挑戰開打。有時候，它兩天兩夜不回家，可是當你以為它可能已經遠走高飛了，它卻瘸著腿大敗而歸，直入廚房要東西吃。

過了滿月的小貓們真是可愛，腿腳還不甚穩，可是已經學會淘氣。媽媽的尾巴，一根雞毛，都是他們的好玩具，耍上沒結沒完。一玩起來，它們不知要摔多少跟頭，但是跌倒即馬上起來，再跑再跌。它們的頭撞在門上，桌腿上，和彼此的頭上。撞疼了也不哭。

它們的膽子越來越大，逐漸開闢新的遊戲場所。它們到院子裡來了。院中的花草可遭了殃。它們在花盆裡摔跤，抱著花枝打秋千，所過之處，枝折花落。你不肯責打它們，它們是那麼生機勃勃，天真可愛呀。可是，你也愛花。這個矛盾就不易處理。

現在，還有新的問題呢：老鼠已差不多都被消滅了，貓還有什麼用處呢？而且，貓既吃不著老鼠，就會想辦法去偷捉雞雛或小鴨什麼的開開齋。這難道不是問題麼？

在我的朋友裡頗有些位愛貓的。不知他們注意到這些問題沒有？記得二十年前在重慶住著的時候，那裡的貓很珍貴，須花錢去買。在當時，那裡的老鼠是那麼倡狂，小貓反倒須放在籠子裡養著，以免被老鼠吃掉。據說，目前在重慶已很不容易見到老鼠。那麼，那裡的貓呢？是不是已經不放在籠子裡，還是根本不養貓了呢？這須打聽一下，以備參考。

也記得三十年前，在一艘法國輪船上，我吃過一次貓肉。事前，我並不知道那是什麼肉，因為不識法文，看不懂菜單。貓肉並不難吃，雖不甚香美，可也沒什麼怪味道。是不是該把貓都送往法國輪船上去呢？我很難做出決定。

貓的地位的確降低了，而且發生了些小問題。可是，我並不為貓的命運多擔什麼心思。想想看吧，要不是滅鼠運動得到了很大的成功，消除了巨害，貓的威風怎會減少了呢？兩相比較，滅鼠比愛貓更重要得多，不是嗎？我想，世界上總會有那麼一天，一切都機械化了，不是連驢馬也會有點問題嗎？可是，誰能因擔憂驢馬沒有事做而放棄了機械化呢？

濟南的冬天

對於一個在北平住慣的人，像我，冬天要是不刮大風，便是奇跡；濟南的冬天是沒有風聲的。對於一個剛由倫敦回來的人，像我，冬天要能看得見日光，便是怪事；濟南的冬天是響晴的。自然，在熱帶的地方，日光是永遠那麼毒，響亮的天氣反有點叫人害怕。可是，在北中國的冬天，而能有溫晴的天氣，濟南真得算個寶地。

設若單有陽光，那也算不了出奇。請閉上眼睛想：一個老城，有山有水，全在藍天底下，很暖和安適地睡著，只等春風把它們喚醒，這是不是個理想的境界？

小山整把濟南圍了個圈兒，只有北邊缺著點口兒。這一個小山在冬天特別可愛，好像是把濟南放在一個小搖籃裡，它們全安靜不動地低聲說：「你們都放心吧，這兒準保暖和。」真的，濟南的人們在冬天是面上含笑的。他們一看那些小山，心中便覺得有了著落，有了依靠。他們由天上看到山上便不覺得想起：「明天也許就是春天了罷？這樣的溫暖，今天夜裡山草也許就綠起來了罷？」這點幻想不能一時實現，他們也並不著急，因為有這樣慈善的冬天，幹啥還希望別的呢！

最妙的是下點小雪呀。看罷，山上的矮松越發的青黑，樹尖上頂著一髻兒白花，好像小日本看護婦。山尖全白了，給藍天鑲上一道白邊。山坡上，有的地方雪厚點，有的地方草色還露著；這樣，一道兒白，一道兒暗黃，給山們穿上一件帶水紋的花衣；看著看著，這件花衣好像被風兒吹動，叫你希望看見一點更美的山的肌膚。等到快日落的時候，微黃的陽光斜射在山腰上，那點薄雪好像突然害了羞，微微露出點粉色。就是下小雪罷，濟南是受不住大雪的，那些小山太秀氣！

古老的濟南，城內那麼狹窄，城外又那麼寬敞，山坡上臥著些小村莊，小村莊的房頂上臥著點雪，對，這是張小水墨畫，或者是唐代的名手畫的罷。

那水呢，不但不結冰，倒反在綠藻上冒著點熱氣。水藻真綠，把終年貯蓄的綠色全拿出來了。天兒越晴，水藻越綠，就憑這些綠的精神，水也不忍得凍上；況且那長枝的垂柳還要在水裡照個影兒呢！看罷，由澄清的河水慢慢往上看罷，空中、半空中、天上，自上而下全是那麼清亮，那麼藍汪汪的，整個是塊空靈的藍水晶。這塊水晶裡，包著紅屋頂、黃草山，像地毯上的小團花的小灰色樹影；這就是冬天的濟南。

為重寫中國兒童文學史做準備

眉睫（簡體版書系策畫）

二〇一〇年，欣聞俞曉群先生執掌海豚出版社。時先生力邀知交好友陳子善先生參編海豚書館系列，而我又是陳先生之門外弟子，於是陳先生將我點校整理的梅光迪講義《文學概論》（後改名《文學演講集》）納入其中，得以出版。有了這個因緣，我冒昧向俞社長提出入職工作的請求。俞社長看重我對現代文學、兒童文學研究的能力，將我招入京城，並請我負責《豐子愷全集》和中國兒童文學經典懷舊系列的出版工作。

俞曉群先生有著濃厚的人文情懷，對時下中國童書缺少版本意識，且缺少人文氣質頗不以為然。我對此表示贊成，並在他的理念基礎上深入突出兩點：一是以兒童文學作品為主，尤其是以民國老版本為底本，二是深入挖掘現有中國兒童文學史沒有提及或提到不多，但比較重要的兒童文學作品。所以這套「大家小書」，頗有一些「中國現代兒童文學史參考資料叢書」的味道。此前上海書店出版社曾以影印版的形式推出「中國現代文學史參考資料叢書」，影響巨大，為推動中國現代文學研究做了突出貢獻。兒童文學界也需要這麼一套作品集，但考慮到兒童讀物的特殊性，影印的話讀者太少，只能改為簡體橫排了。但這套書從一開始的策劃，就有為重寫中國兒童文學史做準備的想法在裡面。

為了讓這套書體現出權威性，我讓我的導師、中國第一位格林獎獲得者蔣風先生擔任主編。蔣先生對我們的做法表示相當地贊成，十分願意擔任主編，但他畢竟年事已高，不可能參與具體的工作，只能以書信的方式給我提了一些想法，我們採納了他的一些建議。書目的選擇，版本的擇定主要是由我來完成的。總序也由我草擬初稿，蔣先生稍作改動，然後就「經典懷舊」的當下意義做了闡發。可以說，我與蔣老師合寫的「總序」是這套書的綱領。

什麼是經典？「總序」說：「環顧當下圖書出版市場，能夠隨處找到這些經典名著各式各樣的新版本。遺憾的是，我們很難從中感受到當初那種閱讀經典作品時的新奇感、愉悅感、崇敬感。因為市面上的新版本，大都是美繪本、青少版、刪節版，甚至是粗糙的改寫本或編寫本。不少編輯和編者輕率地刪改了原作的字詞、標點，配上了與經典名著不甚協調的插圖。我想，真正的經典版本，從內容到形式都應該是精緻的、典雅的，書中每個角落透露出來的氣息，都要與作品內在的美感、精神、品質相一致。於是，我繼續往前回想，記憶起那些經典名著的初版本，或者其他的老版本——我的心不禁微微一震，那裡才有我需要的閱讀感覺。」在這段文字裡，蔣先生主張給少兒閱讀的童書應該是真正的經典，這是我們出版本套書系所力圖達到的。第一輯中的《稻草人》依據的是民國初版本、許敦谷插圖本的原著，這也是一九四九年以來第一次出版原版的《稻草人》。至於解放後小讀者們讀到的《稻草人》都是經過了刪改的，作品風致差異已經十分大。俞平伯的《憶》也是從文津街國家圖書館古籍館中找出一九二五年版的原著來進行重印的。我們所做的就是為了原汁原味地展現民國經典的風格、味道。

什麼是「懷舊」？蔣先生說：「懷舊，不是心靈無助的漂泊；懷舊也不是心理病態的表徵。懷舊，能夠使我們憧憬理想的價值；懷舊，可以讓我們明白追求的意義；懷舊，也促使我們理解生命的真諦。它既可讓人獲得心靈的慰藉，也能從中獲得精神力量。」一些具有懷舊價值、經典意義的著作於是浮出水面，比如孤島時期最富盛名的兒童文學大家蘇蘇（鍾望陽）的《新木偶奇遇記》；大後方為少兒出版做出極大貢獻的司馬文森的《菲菲島夢遊記》，都已經列入了書系第二批順利問世。第三批中的《小哥兒倆》（淩叔華）《橋（手稿本）》（廢名）《哈巴國》（范泉）《小朋友文藝》（謝六逸）等都是民國時期膾炙人口的大家作品，所使用的插圖也是原著插圖，是黃永玉、陳煙橋、刃鋒等著名畫家作品。

中國作家協會副主席高洪波先生也支持本書系的出版，關露的《蘋果園》就是他推薦的，後來又因丁景唐之女丁言昭的幫助而解決了版權。這些民國的老經典，因為歷史的原因淡出了讀者的視野，成為當下讀者不曾讀過的經典。然而，它們的藝術品質是高雅的，將長久地引起世人的「懷舊」。

經典懷舊的意義在哪裡？蔣先生說：「懷舊不僅是一種文化積澱，它更為我們提供了一種經過時間發酵釀造而成的文化營養。它對於認識、評價當前兒童文學創作、出版、研究提供了一份有價值的參照系統，體現了我們對它們的批判性的繼承和發揚，同時還為繁榮我國兒童文學事業提供了一個座標、方向，從而順利找到超越以往的新路。」在這裡，他指明了「經典懷舊」的當下意義。事實上，我們的本土少兒出版是日益遠離民國時期宣導的兒童本位了。相反地，上世紀二三十年代的一些精美的童書，為我們提供了一個座標。後來因為歷史的、政治的、學術的原因，我們背離了這個民國童書的傳統。因此我們正在努力，力爭推出真正的「經典懷舊」，打造出屬於我們這個時代的真正的經典！

但經典懷舊也有一些缺憾，這種缺憾一方面是識見的限制，一方面是因為審稿意見不一致。起初我們的一位做三審的領導，缺少文獻意識，按照時下的編校規範對一些字詞做了改動，違反了「總序」的綱領和出版的初衷。經過一段時間磨合以後，這套書才得以回到原有的設想道路上來。

欣聞臺灣將引入這套叢書，我想這對於臺灣人民了解大陸的兒童文學是有幫助的。林文寶先生作為臺灣版的序言作者，推薦我撰寫後記，我謹就我所知，記述於上。希望臺灣的兒童文學研究者能夠指出本書的不足，研究它們的可取之處，為重寫兩岸的中國兒童文學史做出有益的貢獻。

二〇一七年十月於北京

眉睫，原名梅杰，曾任海豚出版社策劃總監，現任長江少年兒童出版社首席編輯。主持的國家出版工程有《中國兒童文學走向世界精品書系》（中英韓文版）、《豐子愷全集》《民國兒童文學教育資料及研究》，主編《林海音兒童文學全集》《冰心兒童文學全集》《豐子愷兒童文學全集》《老舍兒童文學全集》等數百種兒童讀物。二〇一四年度榮獲「中國好編輯」稱號。著有《朗山筆記》《關於廢名》《現代文學史料探微》《文學史上的失蹤者》，編有《許君遠文存》《梅光迪文存》《綺情樓雜記》等等。

民國時期經典童書 A0801005

小坡的生日

作　　者 老　舍
版權策劃 李　鋒

發 行 人 陳滿銘
總 經 理 梁錦興
總 編 輯 陳滿銘
副總編輯 張晏瑞
編 輯 所 萬卷樓圖書 (股) 公司
特約編輯 沛　貝
內頁編排 林樂娟
封面設計 小　草
印　　刷 百通科技 (股) 公司

出　　版 昌明文化有限公司
　　　　 桃園市龜山區中原街 32 號
電　　話 (02)23216565
發　　行 萬卷樓圖書 (股) 公司
　　　　 臺北市羅斯福路二段 41 號 6 樓之 3
電　　話 (02)23216565
傳　　真 (02)23218698
電　　郵 SERVICE@WANJUAN.COM.TW
大陸經銷
廈門外圖臺灣書店有限公司
電郵 JKB188@188.COM

ISBN 978-986-496-064-4
2017 年 11 月初版一刷
定價：新臺幣 420 元

如何購買本書：
1. 劃撥購書，請透過以下帳號
帳號：15624015
戶名：萬卷樓圖書股份有限公司
2. 轉帳購書，請透過以下帳戶
合作金庫銀行古亭分行
戶名：萬卷樓圖書股份有限公司
帳號：0877717092596
3. 網路購書，請透過萬卷樓網站
網址 WWW.WANJUAN.COM.TW
大量購書，請直接聯繫，將有專人為您服務。(02)23216565 分機 10

如有缺頁、破損或裝訂錯誤，請寄回更換

國家圖書館出版品預行編目資料

小坡的生日 / 老舍著 . 臺北市 : 萬卷樓發行 , -- 初版 . -- 桃園市 : 昌明文化出版 ; 2017.11
面 ;　公分 . --(民國時期經典童書)
ISBN 978-986-496-064-4(平裝)
859.08　　106018354